МОСКВА

для детей

МОСКВА
2016

А не хотела бы ты загадать желание на нулевом километре?
С радостью! И Гоша тоже.
Игрушек у меня видимо-невидимо. Конфеты надоели! Хочу отправиться в самое необыкновенное и сказочное путешествие!

Кремль и окрестности

Желание Шуры тут же исполнилось. Она и пёс Гоша очутились в Москве XIV века в Кремле, в палатах князя. Шура стала оглядываться и страшно перепугалась: «Где это мы?» А Гоша... Гоша совсем изменился! У него появилась жилетка, из кармашка которой на цепочке свешивалось миниатюрное увеличительное стекло, а на голове пса была шляпа.

— Во-первых, хочу сообщить, что твоё желание исполнилось. Мы совершим самое невероятное путешествие, полное загадок и тайн.

Нулевой километр

Этот бронзовый знак находится перед Воскресенскими воротами Кремля. Многие верят, что это волшебное место, где можно загадать желание и бросить монетку через левое плечо, чтобы оно сбылось.

— Гоша, ты умеешь говорить? — удивилась Шура.

— Во-вторых, я не Гоша. Позволь представиться — Георгий Долгоухий. Я из знатного рода. Мой дальний предок был любимым псом основателя Москвы — Юрия Долгорукого. А назвали меня в честь Георгия Победоносца. Именно он сражается с драконом на гербе Москвы.

И, наконец, в-третьих, мы очутились в старинной Москве белокаменной. Такой она была в XIV веке во времена князя Дмитрия Донского. Мы прыгнули во времени. И нам теперь надо как-то вернуться в наш Кремль — с красными стенами.

Герб Москвы

Посмотри: на гербе Москвы всадник с копьём, который поражает чёрного змея. Это святой Георгий Победоносец. По легенде, когда-то в Малой Азии жил ужасный дракон-змей. И жителям приходилось каждый день отдавать ему одного ребёнка. Как только пришла очередь отдавать чудовищу дочь царя, появился святой Георгий. Он осенил себя крестным знамением и победил змея. Вот тогда царь и его народ приняли христианство. А святой Георгий с тех пор уже много столетий охраняет от врагов Россию и Москву.

Когда возникла Москва

Впервые про Москву сказано в летописях в 1147 году, тогда Юрий Долгорукий позвал на княжеский совет своего брата Святослава: «Прииде ко мне, брате, в Москов». Это и есть год рождения Москвы.

Задание

Найди десять отличий и помоги Шуре и Гоше продолжить путешествие

Кремль и его башни

Шуру и Гошу закрутило вихрем. Девочка испугалась и закрыла глаза. Открыла их от того, что её любимый пёс потянул за руку и воскликнул: «Ура! Вот мы и попали в такой знакомый нам Кремль из красного кирпича, который построили в далёком XV веке».

Наши путешественники летели на настоящем воздушном шаре. Шура была в полном восторге.

— Если бы по стенам вокруг Кремля пустили автобус, он ехал бы пять минут, и путь этот был бы длиной в два с половиной километра, представляешь?

— А разве тут смог бы поместиться автобус?

Кремлёвские куранты

Куранты на Спасской башне существуют с XVII столетия. Они постоянно меняли свой облик и механизм. Современный вид часов создали братья Николай и Иван Буденоп. В разные эпохи куранты исполняли разные мелодии. Сегодня можно услышать в полдень, полночь, а также в 6 часов утра и вечера государственный гимн России.

Это куранты-великаны, с гигантскими циферблатами на каждой стороне башни. Представь:

- **диаметр циферблатов — 6,12 метра;**
- **длина часовой стрелки — 2,97 метра, а минутной — 3,27 метра;**
- **вес курантов со всеми конструкциями — примерно 25 тонн.**

— Смотри сама: где-то ширина стены целых три с половиной метра, а где-то — почти семь!

— А зачем вообще было возводить эти стены?

— Чтобы защитить город от врагов. Москву оберегали не только высокие стены — от пяти до девятнадцати метров. Боровицкий холм, на котором стоял город, был окружён двумя реками: Москвой-рекой и Неглинной. Да будет тебе известно, что в древности «кремлём» или «детинцем» на Руси называли крепость. И башни Кремля служили постами для наблюдения за врагом. Видишь вон ту башню, Троицкую? Она самая высокая, целых 80 метров, с неё обзор не хуже, чем у нас с воздушного шара.

— Даже дух захватывает! Гоша, а что это за мелодичный звон?

— Это бьют куранты на Спасской башне.

Шура попыталась посчитать все башни Кремля. Получилось 20. Пёс Георгий Долгоухий поправил свою шляпу, которую так и норовил сорвать ветер:

— У каждой башни свой характер и имя: Троицкая, Водовзводная, Боровицкая, Комендантская, Оружейная, Кутафья, Средняя Арсенальная, Угловая Арсенальная, Никольская, Сенатская, Спасская, Царская, Набатная,

Константино-Еленинская, Беклемишевская, Петровская, Первая Безымянная, Вторая Безымянная, Тайницкая, Благовещенская.

Самая старая из них — **Тайницкая башня** 1485 года рождения. В ней было два тайника: колодец и подземный ход к речному берегу.

Самая молодая — Царская башня — была построена в 1680 году. Говорят, с неё следил за казнями на Васильевском спуске царь Иван Грозный. Самую высокую — Троицкую — ты уже видела. Самая маленькая — Кутафья — высотой всего 13,5 метра.

Шура зажмурилась от солнечных бликов:

— Гоша, а что за звёзды на пяти самых высоких башнях? Похожи на те, что на новогодних ёлочках.

— Звезда на вершине праздничной ёлки — это прообраз шестиконечной Вифлеемской звезды, указавшей волхвам путь к новорождённому Иисусу Христу. А рубиновые звёзды Кремля — пятиконечные, они были символами Красной армии и присутствовали на флаге и гербе СССР.

Рубиновые звёзды Кремля

Кремлёвские звёзды можно увидеть на Боровицкой, Троицкой, Спасской, Никольской и Водовзводной башнях. Они появились только в 1930-х годах, раньше вместо звёзд на шпилях были орлы с герба Российской империи.

Пёс Георгий Долгоухий достал своё увеличительное стекло на цепочке из кармана жилетки: «Посмотри вниз, Шура! Возможно, нам с тобой сегодня повезёт, и мы найдём главное сокровище Кремля».

Задание

По легендам, под Угловой Арсенальной (Собакиной) башней скрыта от людских глаз легендарная библиотека Ивана Грозного, или Либерия. Книги были наследством его бабушки, Софьи Палеолог. Она когда-то вывезла это сокровище из Византийской империи.

Помоги Шуре и Гоше отыскать библиотеку Ивана Грозного

КОНСЕРВАТОРИЯ ИМЕНИ П. И. ЧАЙКОВСКОГО
Б. СТРАСТНОЙ
ЧЕХОВСКАЯ
УЛ. Б. ДМИТРОВКА
УЛ. ПЕТРОВКА
Б. ТВЕРСКОЙ
УЛ. ТВЕРСКАЯ
ОХОТНЫЙ РЯД
ТЕАТРАЛ
УЛ. Б. НИКИТСКАЯ
Б. НИКИТСКИЙ
УЛ. ВОЗДВИЖЕНКА
АРБАТСКАЯ
АЛЕКСАНДРОВСКИЙ САД
БИБЛИОТЕКА ИМЕНИ ЛЕНИНА
БОРОВИЦКАЯ
УЛ. МОХОВАЯ
УЛ. ЗНАМЕНКА
КРЕМЛЁВСКАЯ НА
Б. ГОГОЛЕВСКИЙ
УЛ. КОЛЫМАЖНАЯ
УЛ. ВОЛХОНКА
ПРЕЧИСТЕНСКАЯ НАБЕРЕЖНАЯ
КРОПОТКИНСКАЯ

ЧИСТЫЕ ПРУДЫ
Б. РОЖДЕСТВЕНСКИЙ
Б. СРЕТЕНСКИЙ
УЛ. РОЖДЕСТВЕНКА
УЛ. Б. ЛУБЯНКА
ТУРГЕНЕВСКАЯ
Б. ЧИСТОПРУДНЫЙ
УЛ. МЯСНИЦКАЯ
КУЗНЕЦКИЙ МОСТ
ЛУБЯНКА
УЛ. МАРОСЕЙКА
Б. ПОКРОВСКИЙ
ПЛОЩАДЬ РЕВОЛЮЦИИ
УЛ. ИЛЬИНКА
УЛ. ВАРВАРКА
КИТАЙ-ГОРОД
УЛ. СОЛЯНКА
МОСКВОРЕЦКАЯ НАБЕРЕЖНАЯ
ХРАМ ХРИСТА СПАСИТЕЛЯ

Соборы Кремля

— Ах, какой красивый колокольный звон,— сказала Шура.

— Да, храмы и церкви на Руси были самыми важными зданиями. Всю красоту и весь талант вкладывали в их создание зодчие. Не случайно Соборная площадь, на которую мы неожиданно перенеслись, когда нашли Либерию, была центром Кремля. На ней располагались главные храмы Москвы. Была тут и Колокольня Ивана Великого. И сейчас ты увидишь настоящее чудо Руси православной — **Царь-колокол**. Мои предки князья Долгоухие прекрасно разбирались во всех храмах Кремля,— сказал Шуре Гоша с гордостью за предков. — Они видели, как венчали на царство государей и избирали патриар-

Царь-колокол

«Царём» колокол в Кремле прозвали не зря. Он самый большой в мире. Он больше шести метров высотой, а вес его — 200 тонн. Над ним работал Иван Моторин, но он умер, не закончив дело. Отливку завершил его сын Михаил. Колокол-великан оказался молчуном, он не издал ни одного звука со своего появления в 1735 году. Его просто не успели поднять на колокольню. Виной тому пожар в Москве, во время которого от Царь-колокола откололся кусок.

хов в самом старом соборе Кремля — **Успенском**. Его построили в конце XV века.

С грустью посещали князья Долгоухие **Архангельский собор**. Там покоятся останки Ивана Калиты, Ивана Грозного, Дмитрия Донского и других великих князей и царей.

Любовались Долгоухие и старейшим иконостасом в **Благовещенском соборе**. В нём были работы мастеров-иконописцев: Андрея Рублёва, Феофана Грека, Прохора с Городца.

Ходили мои славные предки крестным ходом вокруг собора Казанской иконы Божией Матери.

Одним глазком подсматривали за службами в домовых церквях княжеских и царских семей: Верхоспасском соборе, церквях Святой Екатерины, Воскресения Словущего и других. А ещё бывали в домовых церквях русских митрополитов и патриархов: Ризоположения Божией Матери и Двенадцати Апостолов.

Домовая церковь

Это помещение или постройка при жилом доме или учреждении, где совершались православные богослужения. Определить её можно по кресту или главке.

— Гоша, я тоже хочу посмотреть на те вещи, которые окружали русских царей и патриархов.

— Шура, это совсем несложно! Приходи в Музей прикладного искусства и быта XVII века в Патриарших палатах. Там увидишь посуду, интерьер, одежду, украшения, книги царя, бояр, духовенства того далёкого времени.

А теперь отправимся к **храму Василия Блаженного**. Многие верят, что святой Василий Блаженный хранит этот храм и всегда спасает его от несчастий.

Василий Блаженный

Родился в селе Елохово в 1464 году, с детства он был отдан в подмастерья к сапожнику, но так им и не стал. У него была другая судьба. Василий был чудотворцем и мог видеть будущее, даже Иван Грозный боялся его. Говорят, молитвой он спас Москву от нашествия крымского хана Мухаммед-Гирея, а ещё предсказал пожар 1574 года. У него было много необычных привычек. Василий добровольно повесил на себя вериги — это особые цепи — и ходил в них. Поэтому люди считали его юродивым, странным малым, чудаком. Родного дома у святого при жизни не было. Зато после смерти ему посвятили один из самых красивых храмов в мире.

Гоша прокашлялся и начал рассказывать:

— Храм Василия Блаженного также называется собор Покрова Пресвятой Богородицы, что на Рву. Он входит в список Всемирного наследия ЮНЕСКО. Храм был построен в 1555—1561 годах по приказу Ивана Грозного в память о взятии Казани. Архитекторами были, по одной версии, Барма и Постник, по другой — псковский мастер Постник Яковлев по прозвищу Барма. Десять куполов венчают собор и один — колокольню. Много легенд рассказывают об этом храме, но о них я расскажу в...

— Гоша, смотри,— прервала его Шура.

В руке она держала клочок бумажки, на котором было написано:

Задание

«Расшифруй, как официально называется храм Василия Блаженного, и тогда продолжишь путешествие. А иначе вернёшься домой. Вот загадочные слова: КИЙСКОПРОВ БОРОС»

Ответ: Покровский собор

Дворцы Кремля

— Ой! Что это?! — громко воскликнула Шура.

Она была одета как настоящая русская царевна: в котах на высоком каблуке из красного сафьяна, в сарафане с пуговицами из золота и в кокошнике, украшенном жемчугом.

— Не кричи во всю ивановскую! — приложил к губам лапу пёс Гоша.

Что значит «кричать во всю Ивановскую»

В древней Москве на Ивановской площади рядом с колокольней Ивана Великого дьяки оглашали царские указы. Динамиков и микрофонов тогда, конечно же, не было, поэтому глашатаи орали во весь голос, чтобы услышали все.

— Готова ли ты, царица Александра, прогуляться по дворцам в Кремле?

— Конечно,— с восторгом, но не теряя достоинства, ответила Шура.

— Комплекс «Большой Кремлёвский дворец» состоит из нескольких дворцов. Сейчас здесь резиденция Президента России. Каждое здание имеет свою историю.

Большой **Кремлёвский дворец** был построен при Николае I под руководством Константина Тона. Он прекрасно дополнил ансамбль Теремного дворца и **Золотой царицыной палаты**.

— А где же князья и цари принимали послов, устраивали торжественные приёмы и собрания бояр?

— В **Грановитой палате**. Она была невероятного размера — целых 495 квадратных метров. Палату построили при Иване III итальянцы Марко Руффо и Пьетро Антонио Солари. А назвали её так, потому что на фасаде белокаменные блоки, у каждого по четыре грани.

— Гоша, а где хранили свои сокровища цари? — Шура поправила золотое монисто на шее.

— В **Оружейной палате**. Сейчас это музей, где выставлены ювелирные украшения XII—XIX веков, оружие, регалии, костюмы и предметы искусства,

а также «Алмазный фонд». Вот посмотри-ка на эту золотую шапку с собольей опушкой, попробуй её поднять.

Как ни пыталась Шура, так и не смогла.

— Да-а, непросто быть царицей.— Шура сняла кокошник.— Боярам, наверно, жилось вольготней.

Не успела она сказать, как очутилась вместе с Гошей в **Потешном дворце**. Его построили в 1651 году для боярина Милославского, тестя царя Алексея Михайловича. Своё имя дворец получил из-за бывшего в нём придворного театра, где всегда было весело и потешно.

— А теперь можно посмотреть и на современный дворец! — сказал Гоша.

И вновь их подхватил вихрь. Шура с облегчением обнаружила, что одета в своё лёгкое платье и голову не сжимает кокошник.

— **Государственный Кремлёвский дворец** построил в 1959—1961 годах целый коллектив архитекторов, главным из которых был Михаил Васильевич Посохин. И называли его в те времена Дворцом съездов. Это один из самых больших в мире концертных залов, здесь поместятся 6 тысяч человек! А ещё здесь проводится главная ёлка России.

Когда говорят: «Ох, тяжела ты, шапка Мономаха»

Согласно легенде, еще в XII веке киевский князь Владимир Всеволодович Мономах получил эту шапку от своего деда, византийского императора Константина. С ней восходили на трон русские государи, принимая всю тяжесть ответственности перед народом.

— Гоша, сколько же в Кремле дворцов! Наверняка тут таятся несметные богатства!

— Да. О кладах Боровицкого холма, на котором стоит Кремль, ходят легенды. Здесь прятали сокровища враги, нападавшие на Москву: рязанский князь, войско Батыя и другие. Археологи говорят, что начиная с XV века под городом даже была создана сеть подземных лабиринтов и «палат» с тайниками.

Памятка о кладах

1. Клады могут быть заговорёнными и принести несчастье.
2. Если задумал искать клад, запасись фонариком, лопатой, картой сокровищ и, конечно, терпением.
3. Клад может быть невидимым и являться в Новый год, на Пасху, в ночь на Ивана Купала, когда расцветает папоротник.
4. Клад не всегда должен быть глубоко закопан. Иногда надо просто проявить смекалку и сообразительность.

Задание

В царскую сокровищницу залезли воры, но, испугавшись стражи, убежали, побросав всё. Кое-что они успели стащить. Помоги Шуре выяснить — что именно?

Кремль во всеоружии

— Мы посмотрели, как жили князья, цари и бояре, Гоша. Но мне бы так хотелось хоть одним глазком взглянуть, где работает наш президент,— попросила Шура.

— Тогда отправляемся в Сенат, где и находится Рабочая резиденция Президента РФ в Кремле.— Гоша поправил жилетку и шляпу. Хотелось выглядеть солидней во время этой экскурсии.

— Здание **Сената** построено в 1779—1787 годах архитектором Матвеем Казаковым по заказу императрицы Екатерины Великой. Теперь здесь, в центре деловой части, находится рабочий кабинет Президента. Там строгая обстановка с рабочим столом, над которым нахо-

Царь-пушка

Является бомбардой самого большого в истории калибра — 890 мм, занесена в Книгу рекордов Гиннесса. Была отлита из бронзы в 1586 году Андреем Чоховым на Пушечном дворе. Длина пушки составляет 5,34 метра, а весит она 39,31 тонны. Конечно, Царь-пушка должна была защищать Кремль, но в боевых действиях так ни разу и не поучаствовала.

дится герб России, а рядом располагаются флаг России и штандарт президента.

А в Малом зале Сената — **Представительский кабинет**, он оформлен более торжественно. На его стенах — портреты российских государственных деятелей, военачальников, принесших славу России. В этом кабинете проводятся встречи с главами иностранных государств, вручаются высокие государственные награды.

Второй рабочий кабинет Президента РФ расположился в здании, которое называется **14-й корпус Кремля**. В нём же размещается часть подразделений администрации президента и комендатура Московского Кремля.

— Шура, не хотела бы ты полетать на ядре, выпущенном из пушки?

— Как барон Мюнхгаузен?..

— Барону и не снился тот полёт, который мог бы быть, выстрели знаменитая **Царь-пушка** в Кремле.

Как и любой крепости, Кремлю нужно было оружие для защиты. В 1702 году Петр приказал построить

Арсенал — военный склад и одновременно музей древнего оружия. Но строительство растянулось на века. Что только не случалось со зданием: и пожары, и нехватка денег, а при войне с Наполеоном его и вовсе взорвали. Достроили Арсенал только в 1828 году.

Дуб «Космос»

Был посажен 14 апреля 1961 года в Тайницком саду близ Кремля первым в мире космонавтом Юрием Гагариным через день после его знаменитого полёта.

А сегодня здесь находятся казармы и административные службы Кремля.

— Гоша, как вы, мальчишки, любите играть в войнушку, — надула губки Шура.

— Да, ты совсем заскучала! А не пройтись ли нам, Александра, по **Тайницкому саду**? Он скрывает много секретов.

— Тени минувшего времени хранят Тайницкий сад и Большой кремлёвский сквер. Когда-то здесь на деньги, которые пожертвовали простые люди, построили мемориал. Он был посвящён царю-реформатору Александру II Освободителю. Правда, потом его разрушили. И на том же месте спустя время возвели памятник Ленину. Но и его тоже снесли в 1995 году. Делали здесь и археологические раскопки. Тогда и была обнаружена старейшая московская берестяная грамота конца XIV века.

Нам нужно разгадать, что в ней написано, чтобы продолжить путь.

Задание

Помоги Шуре разгадать ребус.
Вставь пропущенные буквы и составь фразу. Знак ' предлагает заменить букву на указанную на картинке.

___ от   эски_ _ _   _ _'

роет

з_ _ _'

Ответ: Кремль — сердце Москвы

Главная площадь страны — Красная площадь

Шура поскользнулась и чуть не упала, но смогла устоять. Они очутились на самом настоящем катке. Гоша превосходно держался на льду, делал невероятные прыжки.

— Мы с тобой оказались на самой главной площади страны — Красной, где каждую зиму заливают каток.— Гоша подъехал к Шуре, сидевшей на скамейке у бортика. В его лапе была кружка горячего шоколада, которую он отдал готовой слушать новую историю девочке.

— В XV веке **Красная площадь** называлась Великий Торг. На век позже в летописях она именовалась как Пожар, но это совсем не связано с огнем. Давным-давно так назывались на Руси пустые площади перед городскими укреплениями, на которых бойко торговали. В конце XVI века здесь были построены каменные торговые ряды: Верхние, Средние и Нижние. И сегодня, как и 500 лет назад, можно зайти и купить много вещей на том же самом месте! Именно здесь расположился Главный универсальный магазин (ГУМ).

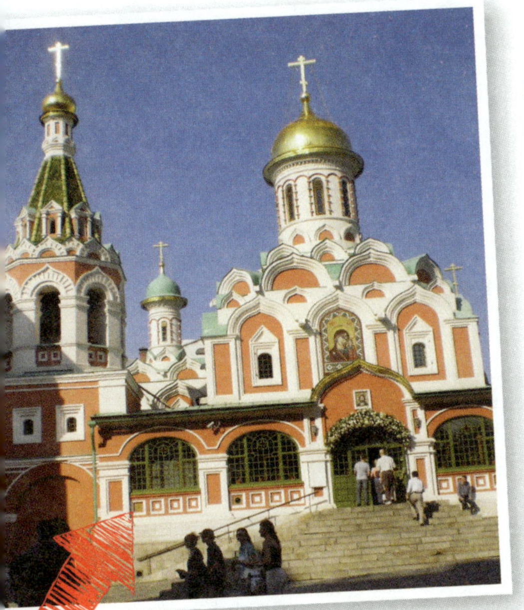

Шура, но на Красной площади не только торговали, — продолжал Гоша. — В XVI веке на ней уже существовало Лобное место — возвышение, окружённое каменной оградой. Там держали речь во время торжественных событий цари, оглашались указы, объявляли войну либо её окончание народу. И в редких случаях проводились казни.

А Красной площадь назвал царь Алексей Михайлович, это значит, что она красивая, парадная. Согласишься с ним?

А сейчас подойдем к памятнику возле Покровского собора — это памятник героям Москвы Минину и Пожарскому, которые защитили город от поляков.

После победы над польской армией князь Дмитрий Пожарский выделил средства, чтобы построить в память об этом событии на Красной площади **Казанский собор** — в честь иконы Казанской Божией Матери, с которой князь вел ополчение. В советское время храм разобрали. Но в 1993 году архитектор Олег Игоревич Журин восстановил его.

ГУМ

В 1894 году Верхние Торговые ряды были заменены новыми по проекту архитектора Померанцева и инженера Шухова. Сооружение было небывалым и смелым для своего времени. Оно было сделано из железа, стекла и бетона. Сегодня в трёхэтажном здании разместилось более тысячи магазинов знаменитых марок.

Подвиг Кузьмы Минина и Дмитрия Пожарского

В начале XVII века на Руси случилось страшное время — Смута. С 1601 по 1603 год на Россию обрушились подряд неурожайные годы, а после смерти в 1605 году царя Бориса Годунова в Москву устремились захватчики. Казалось, Русь уже не спасти от порабощения. Патриархи Иов и Гермоген призывали русский народ объединиться. Им на помощь пришёл простой нижегородский купец Кузьма Минин, собравший деньги на выступление против поляков. А возглавил ополчение людей из разных городов Руси князь Дмитрий Пожарский. Мой предок князь Долгоухий тоже там был, покусал немало пяток врагов. В 1612 году поляков выгнали из страны. А этот памятник в честь подвига Минина и Пожарского был создан к 1816 году под руководством Ивана Петровича Мартоса.

И в советское время эту площадь тоже очень любили и ценили. Проводили здесь красивые парады, как сейчас проводят в честь Дня Победы. Присоединили к ней Васильевский спуск, построили **Мавзолей** и Некрополь. А что это за здания такие, мы с тобой сейчас разберёмся.

Мавзолей Ленина

Мавзолеями называли с античных времён гробницы с поминальным залом. Самую первую построили в честь царя Мавсола в городе Галикарнас. Поэтому и название такое — мавзолей. Ты, наверное, знаешь, что в Мавзолее покоится Владимир Ильич Ленин. Он был первым вождём советского государства после революции 1917 года. Граждане новой страны хотели сохранить память о нём навечно. Был возведён гранитный Мавзолей по проекту Алексея Щусева, где и сегодня можно увидеть саркофаг с забальзамированным телом Ленина.

— Шура, как ты видишь, через Красную площадь прошла вся история России. Символично, что именно на ней и расположился Государственный исторический музей. Куда мы сейчас и перенесёмся. На двух этажах в 39 залах представлена история России с древнейших времен до начала XX века. Обойти всю экспозицию музея — задача для спортсменов, нужно прошагать около 3 км. И здесь нам нужно отгадать очередную загадку.

Задание

Какой вид транспорта ходил по Красной площади с 1909 по 1930 год?

Хочешь лихо прокатиться
И столице удивиться?
К остановке подбегай
И садись скорей в ....!

Ответ: трамвай

У стен Кремля

— Гоша, а что ты делаешь? — Шура смотрела на то, как её мохнатый друг с помощью увеличительного стекла на цепочке что-то выглядывал в спиле ствола дерева.

— Я занимаюсь археологией — наукой, которая по предметам изучает историческое прошлое человечества. И один из её методов — дендрохронология, когда, посчитав годовые кольца, можно определить возраст деревянных предметов и изб. Мы в **Музее археологии Москвы** в подземном павильоне на глубине 7 метров. Здесь ты не только увидишь, как жили москвичи в XV—XVIII веках, но и научишься азам археологии в специальном кружке для детей. Находится он на Манежной площади.

Своё название площадь получила от **здания Манежа**, построенного в 1817 году в честь победы России в Отечественной войне 1812 года по проекту Августина Бетанкура, а чуть позже фасады были отделаны знаменитым архитектором Оипом Бове. Предназначалось

Фонтаны Манежной площади

Фонтаны стали подарком Москве в честь её 850-летия в 1997 году от скульптора Зураба Церетели. Главным является фонтан «Гейзер». Внутри его чаши установлена скульптура четырёх скачущих коней комплекса «Времена года». За ним расположен фонтан «Завеса» — каскад воды. Водный ансамбль «Герои сказок» — мир чудес, где живут Иван-царевич и Царевна-лягушка, Жар-птица, Золотая рыбка и другие персонажи.

здание для упражнений пехотного полка, выездки кавалеристов. Размещались здесь и дворцовые конюшни. После 1831 года Манеж превратился в выставочный зал. И по сей день в нём устраиваются концерты, праздники и выставки. А ещё, Шура, на Манежной площади ты можешь попасть в сказку.

На Манежной площади можно увидеть **памятник маршалу** советской России **Георгию Константиновичу Жукову** работы скульптора Вячеслава Клыкова, установленный в 1995 году в честь 50-летия победы в Великой Отечественной войне. Во многом благодаря его мудрому командованию наша страна победила фашистскую Германию.

Шура, а видела ли ты сразу всё мировое время? У тебя есть возможность посмотреть.

Купол-фонтан «Часы Мира» на Манежной площади

Стеклянный купол «Часы Мира» с названиями городов вращается, делая за сутки полный оборот, а нижнее кольцо с цифрами неподвижно. Он разделён на 24 сектора — часовых пояса планеты. Ты можешь там отыскать и Москву. Подсказка — искать нужно Кремль! Венчает купол скульптура Георгия Победоносца работы Зураба Церетели. Стеклянный купол — это ещё и крыша подземного торгового центра «Охотный ряд».

Охотный Ряд

— Своё имя площадь Охотный Ряд получила в XVII веке. Тогда на ней торговали дичью, приносимой подмосковными охотниками.

— Гоша, посмотри, какое интересное **здание гостиницы «Москва»**. Любопытно, почему у неё такой странный фасад?

— Говорят, что, когда архитектор Щусев подал два проекта фасада гостиницы, генеральный секретарь советской России Иосиф Сталин расписался посредине, тем самым утвердив оба варианта. Вот они и созданы в одном здании, и на них ты сейчас любуешься. А теперь мы отправимся в самую большую библиотеку страны. Она находится недалеко от Манежа на Моховой улице.

Российская государственная библиотека в цифрах

Длина книжных полок Российской государственной библиотеки составляет около 275 километров. Количество книг и брошюр достигает почти 18 миллионов экземпляров. Российская государственная библиотека является местом хранения обязательного экземпляра всей выходящей в России печатной продукции.

Александровский сад

— Шура, пришло время прогуляться по **Александровскому саду**. Этот парк был разбит в 1820—1823 годах по указу императора Александра I.

Верхний Александровский сад напоминает об одержанных Россией победах в 1812 и в 1945 годах. Посмотри, крылья грота «Руины» выложены обломками московских зданий, разрушенных наполеоновской армией. Рядом с ним находится **Могила неизвестного солдата** и **Вечный огонь**, у которых несут службу караульные Поста № 1. Здесь расположилась гранитная Аллея городов-героев России, которые самоотверженно защищали страну во время Великой Отечественной войны.

Шура, мы продолжим наш путь, если ты отгадаешь:

Задание

Угадай фамилию архитектора, по проекту которого был создан Александровский сад?

В этом задании тебе поможет стих, где каждая первая буква строки является буквой в загаданном слове.

Будет в памяти народа
О прошедших бедах грусть
В вековом молчанье грота —
Единенье русских душ.

Ответ: Бове

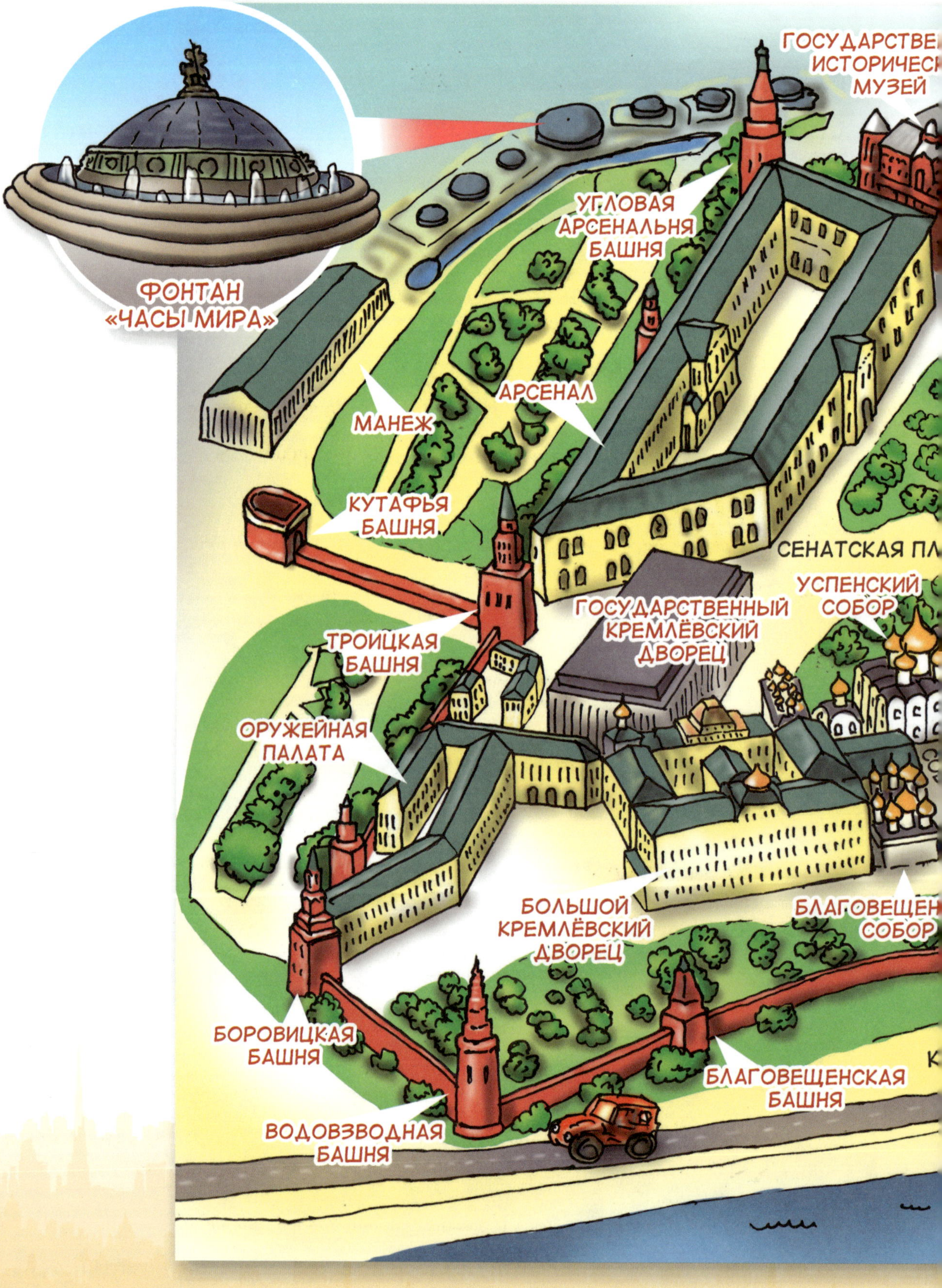
ФОНТАН
«ЧАСЫ МИРА»
ГОСУДАРСТВЕ
ИСТОРИЧЕСК
МУЗЕЙ
УГЛОВАЯ
АРСЕНАЛЬНЯ
БАШНЯ
АРСЕНАЛ
МАНЕЖ
КУТАФЬЯ
БАШНЯ
СЕНАТСКАЯ ПЛ
УСПЕНСКИЙ
СОБОР
ГОСУДАРСТВЕННЫЙ
КРЕМЛЁВСКИЙ
ДВОРЕЦ
ТРОИЦКАЯ
БАШНЯ
ОРУЖЕЙНАЯ
ПАЛАТА
БОЛЬШОЙ
КРЕМЛЁВСКИЙ
ДВОРЕЦ
БЛАГОВЕЩЕН
СОБОР
БОРОВИЦКАЯ
БАШНЯ
БЛАГОВЕЩЕНСКАЯ
БАШНЯ
ВОДОВЗВОДНАЯ
БАШНЯ

КАЗАНСКИЙ СОБОР
ГУМ
МАВЗОЛЕЙ ИМЕНИ ЛЕНИНА
СЕНАТ
КРАСНАЯ ПЛОЩАДЬ
СПАССКАЯ БАШНЯ
ХРАМ ВАСИЛИЯ БЛАЖЕННОГО
ИВАНОВСКАЯ ПЛ.
ВАСИЛЬЕВСКИЙ СПУСК
АНСАМБЛЬ КОЛОКОЛЬНИ ИВАНА ВЕЛИКОГО
АРХАНГЕЛЬСКИЙ СОБОР
ЦАРЬ-ПУШКА
ТАЙНИЦКАЯ БАШНЯ
БЕКЛЕМИШЕВСКАЯ БАШНЯ
ЕВСКАЯ НАБЕРЕЖНАЯ

Китай-город

Китай-город просветительский

— «Китай-город», — прочитала на станции метро Шура. — Гоша, а куда мы на этот раз перенеслись? В город, где раньше жили китайцы? Тогда почему он в центре Москвы?

— О, это совсем другая история! Название своё Китай-город получил от старого слова «кита», то есть вязка жердей, которые применялись при постройке. Или же от итальянского слова citta, то есть «цитадель». Ведь здесь тоже была стена для защиты города, и строил её итальянец Петрок Малый Фрязин. Но потом стена оказалась не нужна, и её снесли. Правда, небольшой участок остался. Его можно увидеть на площади Революции, а в подземном переходе станции метро «Китай-город» — часть белокаменного фундамента Варварской башни. Сейчас этот памятник старины восстанавливают. А рядом — **Третьяковские ворота**, по ним можно понять, каким богатым был этот район.

В 1870-х годах братьями-меценатами Третьяковыми была построена небольшая улица — Третьяковский проезд, а в Китайгородской стене проделали ворота, оформленные башней, — Третьяковские, как будто попавшие сюда из русской сказки. В наши дни здесь расположились магазины, где продаются дорогие украшения и одежда.

В Китай-городе было четыре важных района. Никольская улица была центром просвещения и духовности. Ильинка — деловой улицей. На Варварке била ключом торговля, а в Зарядье жили ремесленники. Эти улицы на Китай-городе названы в честь монастырей или церквей, которые на них находились.

Никольская улица

— Мы отправимся на **Никольскую улицу**, славную издревле своими книжными лавками. В первой четверти XIX века на ней насчитывалось 26 книжных лавок из 31 существующей в Москве. Именно на Никольской была выпущена первая печатная книга «Апостол» в 1564 году первопечатниками Иваном Фёдоровым и Петром Мстиславцем.

С XVI века ведёт свою историю **Печатный двор**. На его месте и в наше время идёт просветительская работа в Историко-архивном институте РГГУ. Первопечатником на Руси был Иван Фёдоров. Увидеть, каким он был, можно и сегодня, достаточно взглянуть на памятник возле гостиницы «Метрополь».

В Древней Руси монастыри были сокровищницами знаний. В **Заиконоспасском монастыре**, названном так потому, что располагался за иконными лавками, в 1685 году появилось первое высшее учебное заведение в Москве — Славяно-греко-латинская академия. Многие таланты были её воспитанниками: поэт Антиох Кантемир, основатель русского театра Фёдор Волков, архитектор Василий Баженов и светоч русской науки Михаил Ломоносов. В советское время в монастыре располагалась телерадиовещательная компания, в 30-х годах XX века отсюда пустили в эфир первую российскую телепередачу. Сегодня монастырь частично восстанавливается.

— В начале XX века на Никольской улице богатый купец Савва Мамонтов построил **гостиницу «Метрополь»**. В ней ты можешь увидеть сказочные картины знаменитых художников Васнецова и Коровина. Снаружи здание украшают керамические панно. Залюбуешься, глядя на самое известное из них — «Принцесса Грёза» по картине Врубеля.

Путь к знаниям Михаила Васильевича Ломоносова

Михаил был сыном зажиточного рыботорговца с севера Руси. Он с детства увлекался книгами. Чтобы избавить его от этих «пустых занятий», отец хотел его женить. Михаил сбежал из дома. Несмотря на все тяготы дороги, с рыбным обозом из Холмогор он добрался до Заиконоспасского монастыря за три недели. Вот как он хотел учиться!

Лубянка

— Никольская — древнейшая улица Москвы, она входила в состав Великой Владимирской дороги и составляла единое целое с улицей Лубянка. Такое интересное название ей дано в XV веке в честь Лубяниц — района Новгорода, откуда приехало в те годы в Москву много поселенцев.

Лубянку обожают ребята, потому что тут стоит «Центральный детский магазин на Лубянке» (бывший «Детский мир»). Там настоящий игрушечный рай!

Лубянская площадь также знаменита тем, что в советское время на ней располагался Комитет государственной безопасности (КГБ). В наше время здесь находится Федеральная служба безопасности России (ФСБ).

А ещё на Лубянской площади стоит Политехнический музей. Это крупнейший технический музей России, в котором ты узнаешь о развитии науки разных периодов времени и о технических устройствах. Тут есть даже детский лекторий с самыми познавательными историями об изобретениях.

Задание

Чтобы идти дальше, нам нужно решить задание «Грамматическая арифметика» и узнать фамилию знаменитого поэта, учившегося в Славяно-греко-латинской академии. Для этого тебе нужно прибавить или отнять соответствующие слоги.

Тредиакон — он + овал — ал + скат — ат + ий

Ответ: Тредиаковский

Китай-город деловой

— Гоша, а что ты пишешь? Почему не ручкой, а пёрышком?

— Помнишь, мы с тобой говорили о первопечатнике Иване Фёдорове? Так вот, до него и книгопечатания на Руси все тексты создавались переписчиками. Вместо ручек они использовали гусиные перья и чернила. Писали же не на бумаге, а на пергаменте — телячьей коже, обработанной особым способом. На Руси пергаментные рукописи назывались харатейными книгами.

Письменность же была древнеславянской. Называлась она «кириллица» в честь одного из создателей славянской азбуки — **Кирилла**. Вместе с **Мефодием** они были великими просветителями. В честь них возведён памятник, а также названа площадь — Славянская.

На этой площади расположился чугунный **монумент героям Плевны** в виде часовни архитектора Владимира Шервуда. Он создан на деньги оставшихся в живых солдат в честь погибших товарищей, очистивших город Плевну в Болгарии от турецких захватчиков.

Шура, а любишь ли ты ходить в гости?

— Конечно! И когда ко мне приходят друзья и одноклассники, мне тоже нравится.

Ильинка

— Москва тоже всегда была рада гостям из разных стран, особенно послам и купцам. Была даже особая гостевая улица — Ильинка. На ней возвышался главный Посольский двор, было большое количество банков, располагалось здание биржи. И, конечно, стоял тут **Большой Гостиный двор**.

Гостиный двор

Его здание занимает небольшой квартал между улицами Ильинка и Варварка. Уже в XV веке был важным центром московской торговли. Его много раз перестраивали: возводился заново с 1791 по 1805 год, был восстановлен в 1825—1830 годах архитектором Осипом Бове после пожара 1812 года. В 1994 году Гостиный двор опять поменял облик, однако он всё так же всегда открыт для посетителей и покупателей.

Варварка и Зарядье

— А сейчас мы с тобой отправимся на Варварку. И следом посетим район Зарядье близ Москвы-реки. Он был так назван, потому что находился за рядами торговых лавок. Поселение здесь было ещё в XII веке, и с этой старины далёкой ведётся торговля. Было очень удобно принимать и разгружать ладьи с Москвы-реки. В Зарядье в те времена проживали торговцы, ремесленники и другой простой народ. Привередливым боярам же не нравился местный запах, сопровождавший здесь торговлю продуктами.

Торговля — это сущая необходимость, но на Руси никогда не забывали о душе и Боге. В Зарядье сохранилось немало старинных церквей: храмы Варвары Великомученицы, Максима Блаженного, Георгия Победоносца на Псковской горке, Зачатия праведной Анны, что в Углу, а также Знаменский монастырь. В Зарядье находится и церковь **Всех Святых на Кулишках**, которая посвящена погибшим воинам в битве на Куликовом поле.

Зарядье было родовым гнездом царской династии Романовых. Здесь и по сей день стоит музей «Дом бояр Романовых». Ты можешь совершить экскурсию в «Столовую палату», «Кабинет боярина», «Сени», «Комнату боярыни», «Светлицу»

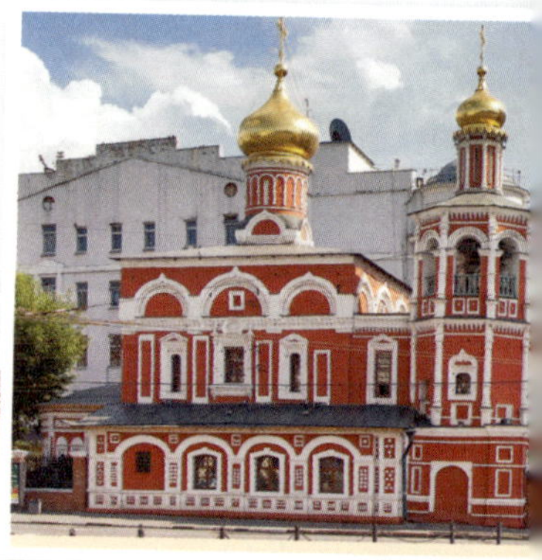

«У чёрта на куличках» — где это?

Построенная в XIV веке церковь Всех Святых на Кулишках находилась на границе Москвы того времени, то есть «на краю Земли». Ходят слухи, что недалеко от неё в богадельне у Ивановского монастыря в 1666 году завелась нечистая сила. Её за пять недель изгнал иеромонах Иларион. Но выражение «У чёрта на куличках» осталось в веках. Оно обозначает «где-то очень далеко».

и другие помещения. Совсем недалеко расположился и Старый английский двор — памятник крепких торговых отношений Руси и Англии. Сейчас это Музей Москвы, в него тоже стоит заглянуть.

Семья Романовых правила Россией на протяжении трёхсот лет. Первым царём стал призванный на престол после Смуты Михаил Фёдорович, последним императором, расстрелянным в 1918 году, был Николай Александрович.

Площадь звёзд Эстрады

Находится в Зарядье около Москворецкой набережной. Была создана по образцу голливудской «Аллеи славы».

— Шура, ты теперь знаешь о древнерусском алфавите — кириллице. А известно ли тебе, что в старину и цифры обозначались буквами? Они отличаются от букв тем, что над ними был специальный значок — «титло».

Задание

Попробуй составить дату своего рождения, мамы, папы и друзей на старославянском.

а҃ 1	в҃ 2	г҃ 3	д҃ 4	є҃ 5	ѕ҃ 6	з҃ 7	и҃ 8	ѳ҃ 9
і҃ 10	к҃ 20	л҃ 30	м҃ 40	н҃ 50	ѯ҃ 60	ѻ҃ 70	п҃ 80	ч҃ 90
р҃ 100	с҃ 200	т҃ 300	у҃ 400	ф҃ 500	х҃ 600	ѱ҃ 700	ѡ҃ 800	ц҃ 900
҂а҃ 1000	҂в҃ 2000							

Пример: 2002 – ҂в҃в҃

ЦЕРКОВЬ ЗАЧАТИЯ СВЯТОЙ АННЫ
ВАСИЛЬЕВСКИЙ СПУСК
УЛ. ВАРВАРКА

КАЗАНСКИЙ СОБОР
ПАМЯТНИК ПЕРВОПЕЧАТНИКУ ИВАНУ ФЁДОРОВУ
СНАЯ ПЛОЩАДЬ
УЛ. НИКОЛЬСКАЯ
УЛ. ИЛЬИНКА
Б. ЧЕРКАССКИЙ ПЕРЕУЛОК

Белый город. Бульварное кольцо

Храм Христа Спасителя

— Москва не сразу строилась, как поётся в песне, но расширяла свои владения достаточно быстро. Вокруг её «сердца» Кремля кольцом возводились всё новые и новые стены. Сначала Китай-город, через некоторое время Белый город, затем Земляной и даже в наше время — автомобильные кольцевые дороги.

— Словно у дерева годовые кольца!

— Похоже, — улыбнулся Гоша и довольно гавкнул. — И часть нашего путешествия можно смело назвать кругосветным, только в масштабах одной Москвы. Итак, мы отправляемся по Бульварному кольцу, которое раньше называли Белым городом или Царь-городом.

Стены, ворота и 27 башен Белого города служили для защиты города, как и все остальные стены. Но позднее стены стали не нужны, так как Москва начала расширяться. Более того, стены стали опасны, потому что разрушались от вет-

хости. И тогда генерал-губернатор Москвы Волконский в 1775 году решил стены разрушить, а на их месте посадить деревья. Так и появилось Бульварное кольцо. Оно состоит из 10 бульваров. А память о Белом городе и его башнях-воротах сохранилась в названиях площадей: Пречистенские Ворота, Арбатские Ворота, Никитские Ворота и других. И главной достопримечательностью Бульварного кольца является главный собор страны — **храм Христа Спасителя**.

История храма напоминает легенду о птице Феникс, которая могла всегда возродиться из пепла. Его первоначальное строительство пережило четырёх императоров в XIX веке, а полное восстановление в конце XX века заняло всего несколько лет. Изначально в 1812 году Александр I издал указ о строительстве храма в честь победы над Наполеоном на Воробьёвых горах, но там была неподходящая почва. И новый проект под руководством архитектора Константина Тона возводился 44 года на Волхонке. В день его открытия в 1883 году в нём короновался император Александр III. В советское время в 1931 году храм снесли, на его месте построили открытый плавательный бассейн «Москва». Новый же храм был отстроен в 1994—1997 годах. Он является копией своего предшественника. Кафедральный соборный храм Христа Спасителя — сегодня самый главный храм Москвы, где богослужения проводит сам патриарх.

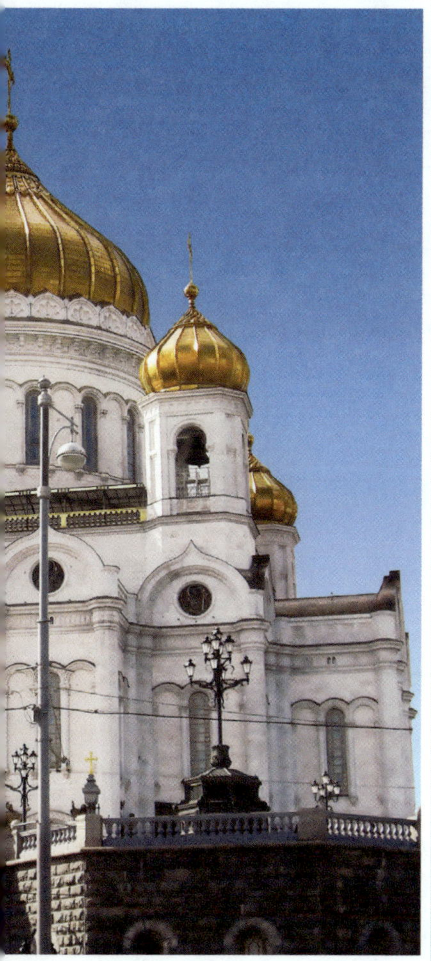

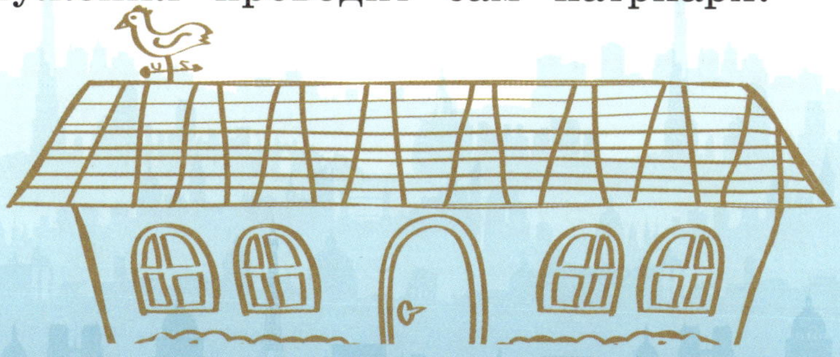

Государственный музей изобразительных искусств имени Пушкина

Не успела Шура оглянуться, как у Гоши появилась в лапах кисть, рядом стоял мольберт. А на его голове вместо шляпы был красный берет, как у настоящего художника.

— Шура, я бы очень хотел нарисовать твой портрет, но пока у меня плохо получается. Давай отправимся в Государственный **музей изобразительных искусств имени Пушкина**. Надо набраться опыта у профессионалов.

Пушкинский музей был открыт в 1912 году по инициативе профессора МГУ Ивана Владимировича Цветаева. Большую часть средств на его строительство дал русский меценат Нечаев-Мальцов, а возводили его под началом архитектора Клейна.

Первоначально выставка была посвящена Древней Греции, Древнему Риму и Древнему Египту. Это видно и по архитектуре, и по изображениям внутри помещений. И сегодня можно увидеть здесь древнее искусство Шумера, Аккада, Вавилона, Хеттского царства, Урарту, Персии, Кипра, Финикии, Сирии, Японии, Китая, Тибета, Монголии.

Импрессионизм — направление в искусстве конца XIX — начала XX века, когда художники стремились запечатлеть мир в его подвижности и изменчивости.

А в Итальянском дворике собраны величайшие произведения мастеров эпохи Возрождения: Филиппо Брунеллески, Донателло, Микеланджело Буонарроти и других.

В Пушкинском музее много и прекрасных скульптур. Если посмотришь на работы Клод-Мишеля Клодиона, Мориса-Этьена Фальконе, Жана-Батиста Лемуана и братьев Брош, то сможешь представить себе, как жили знатные особы во Франции во времена короля Людовика XV. Тогда очень модной была Древняя Греция, и все старались сделать дворцы такими, как будто они пришли прямо из знакомых мифов.

Жемчужиной коллекции Пушкинского музея является большое собрание картин художников, работавших в жанре импрессионизма: Клода Моне, Огюста Ренуара, Эдгара Дега, Поля Сезанна, Поля Гогена, Винсента ван Гога, Анри Матисса, Пабло Пикассо.

Задание

Попробуй отгадать, как называется знаменитая картина испанского художника Пабло Пикассо. Образ главной героини тебе подскажет верный ответ.

Ответ: «Девочка на шаре»

Писательские и музыкальные бульвары: Гоголевский и Никитский

— Шура, а кто твой любимый писатель?

— Мне нравятся рассказы Льва Толстого, сказки Пушкина и страшные истории Гоголя.

— Тогда давай пройдёмся на Бульварном кольце по местам, которые были связаны с этими великими русскими писателями.

Льву Николаевичу Толстому посвящено сразу несколько музеев: мемориал памяти «Астапово» в Липецкой области, культурный центр в Железноводске Ставропольского края, усадьба писателя в Хамовниках, толстовский центр «на Пятницкой, 12» в Москве и литературная экспозиция на Пречистенке, куда мы с тобой и заглянем. Здесь школьникам можно даже сыграть роль какого-нибудь персонажа Толстого в спектакле.

Талант Николая Васильевича Гоголя был в том, что он мог и рассмешить, и испугать своих читателей. И даже памятники в честь него, хоть стоят друг от друга в 400 метрах, совсем разные. Они показывают такой двойственный характер писателя.

Скульптура Николая Васильевича Томского на **Гоголевском бульваре** появилась в 1952 году, в год столетия со дня смерти писателя. Гоголь стоит во весь рост, улыбаясь людям. В другом же памятнике, работы Андреева, сооружённом в 1909 году к столетию со дня рождения писателя, Гоголь предстаёт надломленным и страшным. Скульптура находится на Никитском бульваре во дворе Музея Гоголя, в доме, где писатель прожил последние свои годы. Экскурсия в музее поможет нам разгадать множество тайн из его жизни.

А знаешь ли ты, что хрустальные замки бывают не только в сказках? Самая настоящая **Хрустальная часовня** стоит во дворике Государственного музея современного искусства Российской академии художеств на Гоголевском бульваре. Её несколько лет назад построил из авиационного стекла Зураб Церетели по облику **часовни Святого Александра Невского**, которая стояла здесь раньше, но была разрушена.

В районе Гоголевского и Никитского бульваров немало бывших боярских домов. Усадьба Лопухиных была построена в XVII веке для царской невесты Петра I — Евдокии. Время не пощадило здание, и новую жизнь вдохнула в него семья

Рерихов, отреставрировавших его и открывших в нём центр в свою честь. В Государственном музее Востока, располагающемся в историческом особняке «Дом Луниных», тоже можно найти картины Рерихов. А ещё посмотреть на искусство стран Кавказа, Казахстана, Средней Азии, народов Севера и Сибири.

Миллионер может себе позволить многое, даже необычное здание в стиле испанских дворцов в самом центре Москвы на Воздвиженке. **Особняк богатого купца Арсения Морозова** был построен в 1895—1899 годах архитектором Мазыриным. Сегодня в нём находится Дом приёмов правительства РФ. Там проходят встречи международных организаций.

— Шура, а теперь поговорим о музыке и пройдёмся по композиторским местам Бульварного кольца.

На Большой Никитской расположилась Московская государственная консерватория име-

Церковь, где венчались Александр Сергеевич Пушкин и Наталья Гончарова

Церковь Большого Вознесения на Никитской знаменита не только тем, что в ней в 1831 году венчались Пушкин и Гончарова. Говорят, этот храм соединил сердца князя Потёмкина и императрицы Екатерины II. В дереве церковь была известна ещё в начале XVII века, а свой каменный наряд она получила в 1848 году. В память о любви великого поэта и его супруги перед церковью разбит фонтан «Наталья и Александр», построенный к 200-летию со дня рождения Пушкина в 1999 году.

ни Петра Ильича Чайковского и памятник этому великому композитору.

По другую сторону Никитского бульвара на Поварской улице и на улице Знаменка около Гоголевского бульвара стоят главные кузницы эстрадных талантов страны: Российская академия музыки и Школа имени Гнесиных. Её выпускниками были Валерия, Варвара, Дима Билан, Надежда Кадышева, Полина Гагарина, Филипп Киркоров и другие певцы.

Шура, мы прогулялись по бульварам, где ходили когда-то великие писатели и композиторы, впереди нас ждут не менее увлекательные приключения, но сначала надо решить загадку.

Задание

Помогите Шуре с помощью двух картин отгадать самое знаменитое произведение Льва Толстого.

Ответ: «Война и мир»

От Тверского до Сретенского — бульвары чистой поэзии

— Шура, писателей мы уже навестили. И теперь отправимся по местам, которые обожали знаменитые русские поэты,— сказал Гоша, поправляя жилетку. — Тверской бульвар — самый первый в Белом городе. Появился он в 1796 году и стал любимым местом для дворянства. А назывался он просто Бульваром, так как был единственным.

В начале Тверского бульвара возвышается памятник **Пушкину** 1880 года работы Александра Опекушина. Это самое популярное место для встреч в Москве. А сразу за памятником находится кинотеатр «Пушкинский», где ежегодно проходит Московский кинофестиваль. На Тверском бульваре стоит и знаменитый театр, названный в честь этого великого поэта.

Поэт Сергей Есенин написал стихотворение, посвящённое Пушкину. И теперь **памятник Есенину**, созданный в 1995 году скульптором Бичуковым и архитектором Климочкиным, стоит

Мечтая о могучем даре
Того, кто русской стал судьбой,
Стою я на Тверском бульваре,
Стою и говорю с собой

недалеко от монумента Пушкину. И поэты, таким образом, будто ведут вечный диалог.

Творческая жизнь Тверского бульвара кипит и в Литературном институте, который здесь находится. В его здании в XIX веке был дом, где в 1812 году родился писатель и публицист Александр Иванович Герцен, который «разбудил декабристов» и стал предтечей революции в России. А ещё в разное время жили другие писатели и поэты: Андрей Платонов, Осип Мандельштам, Даниил Андреев.

Не только литературой славен Тверской бульвар, но и театральным искусством: здесь находится МХАТ имени Максима Горького, а также дом-музей знаменитой актрисы Марии Ермоловой с комнатой с розовыми стёклами, взгляд сквозь которые поднимал артистке настроение. На Тверском бульваре располагается и центральное здание Московского музея современного искусства.

А теперь сюрприз! Мы идём в Музей матрёшки, что находится недалеко от Тверского бульвара в Леонтьевском переулке.

Шура, а сейчас мы с тобой пойдём дальше по Бульварному кольцу. Гуляя по аллеям Страстного бульвара, ты увидишь памятник композитору Сергею Рахманинову скульпторов Комова и Ковальчука. Недалеко от него стоит монумент величайшему певцу и поэту XX века Владимиру Высоцкому скульптора Распопова.

Матрёшка

Своё имя эта игрушка получила от уменьшительного «матрона», то есть «дама». Матрёшка не так стара, ей чуть больше ста лет. «Родилась» она в игрушечной мастерской Мамонтова «Детское воспитание», создал её мастер Звёздочкин, а расписал Сергей Малютин.

Тебе обязательно надо будет заглянуть в Петровский переулок, совсем рядом со Страстным бульваром, ведь тут находится детский театр «А—Я».

А мы идём дальше — на Петровский бульвар. Он получил своё имя в честь **Высоко-Петровского монастыря**. Первые упоминания о нём были уже в 1377 году. Роль монастыря в истории столицы очень важна. Его основатель митрополит всея Руси Пётр перенёс свою кафедру из Владимира в Москву, тем самым определив её как главный русский город. Мощи Петра являются святыней монастыря.

Знаешь, куда мы сейчас отправимся? В самые знаменитые в России **бани — Сандуновские**. Они находятся недалеко от Рождественского бульвара на Неглинной

улице. Об этом настоящем банном дворце писал известный москвовед Владимир Алексеевич Гиляровский: «Кто в Сандунах не бывал — тот Москвы не видал».

— Прекрасно попарились, Гоша.

— Да, Шура. Как говаривали в Древнем Риме: «В здоровом теле — здоровый дух», а в советской России: «Чистота — залог здоровья».

— Гоша, а ты знаешь о том, что у меня скоро день рождения? И лучшим подарком для меня будет интересная книжка,— значительно сказала Шура.

— Тогда тебе обязательно понравится наша следующая остановка — Московский театр детской книги «Волшебная Лампа» на Сретенском бульваре. Здесь в кукольном представлении ты встретишься с Винни Пухом, героями сказок Андерсена и Киплинга. Шура, посмотри-ка, а в этой книжке что-то не так со сказочными персонажами.

Задание

У героев книг произошла путаница, помоги Шуре разобраться с ней.

С «Аннушкой»: от Чистопрудного до Яузского бульвара

— Шура, а сейчас мы прокатимся по самому живописному маршруту на трамвае «Аннушка», идущем маршрутом «А» по оставшимся Чистопрудному, Покровскому, Яузскому бульварам.

В Москве часто бывало так, что названия одних и тех же мест меняли смысл с точностью до наоборот. Например, Чертолье превратилось в Пречистенку, Чёрная Грязь в Царицыно, а Чистые пруды, куда мы с тобой направляемся, раньше назывались Погаными.

В XVI веке здесь были скотобойни (отсюда название прилегающей Мясницкой улицы). Отходы от них сбрасывали в пруд. Стоял ужасный запах.

В начале XVII века это место выкупил князь Александр Данилович Меншиков. Он вычистил воду. И пруды превратились в Чистые. Сейчас в них водопроводная вода. **Чистопрудный бульвар** — самый большой по площади в Бульварном кольце. Это любимое место прогулок детей: летом по липовым аллеям и зимой, когда здесь заливают каток.

Меншиков оставил о себе память и храмом Гавриила Архангела — **Меншиковой башней**, которая по высоте была в 81 метр, как и колокольня Ивана Великого в Кремле, и даже называлась его «невестой». Пару веков назад в ней заседало тайное общество масонов, но сейчас храм снова православный и принадлежит Антиохийскому подворью (о масонах см. главу «Царицыно. Из грязи в князи»).

В честь знаменитого жителя этого района, писателя Александра Сергеевича Грибоедова, в начале Чистопрудного бульвара стоит его памятник работы Мануилова и Заварзина. Чуть дальше, у посольства Казахстана — памятник Абаю Кунанбаеву, казахскому поэту, философу, композитору и просветителю.

На Чистопрудном бульваре находится библиотека имени Фёдора Михайловича Достоевского и театр «Современник», который в прошлом был одним из первых крупных кинотеатров и назывался «Колизей».

— Шура, взгляни-ка: на бульваре столетний **дом № 14** на Чистопрудном бульваре. На его фасаде живут сказочные, фантастические звери из русских сказок.

Следующий в нашем маршруте бульвар — Покровский — был так назван по одноимённым казармам, созданным по указу царя Павла I. Часть их сохранилась и по сей день. Пройдя сквозь ворота бульвара, мы попадаем в обожаемый детворой Милютинский сад.

Наша прогулка по Бульварному кольцу завершается Яузским бульваром, названным в честь реки Яузы.— Гоша и Шура вышли из трамвая «Аннушка». — В XIV—XV веках через Яузские ворота проходила дорога на Коломну и Рязань, а сама местность была известна ещё до основания Москвы.

Близ Яузского бульвара располагалось легендарное урочище Кулишки (Кулички), о котором мы уже говорили. Здесь до сих пор стоят храмы Всех Святых, Рождества Богородицы, Иоанна Предтечи и Трех Святителей — все на Кулишках.

На Кулишках в XVII—XIX веках селилась русская знать. В этом месте находилось 27 княжеских домов.

Подкопаево

Это древнейшее поселение славянского племени вятичей, обнаруженное археологами в районе Хитровской площади. Они жили на территории Москвы уже в VIII—XI веках.

Урочище

Часть местности, отличная от остальных окружающих её участков. Например, неожиданный лесной массив среди поля или болото, луг среди леса. Может также означать определённую местность у народа.

Проживал здесь два века назад и генерал-майор Николай Хитрово, зять полководца Михаила Кутузова. Его особняк сохранился до сих пор и стоит во дворе сталинской «высотки».

Жизнь преподносит сюрпризы. В начале прошлого века в этом излюбленном аристократией месте возник **Хитровский рынок**. На нём искали работу и жили в лачугах тысячи каторжников, безработных, опустившихся людей. А в наши дни тут разбит зелёный сквер.

В конце бульвара на Яузских воротах находится памятник пограничникам Отечества, ведь именно на этом месте когда-то проходила граница Москвы и были стены Белого города.

Задание

В районе Хитровки в доме № 6 по Подколокольному переулку живёт знаменитый писатель. Угадай его фамилию-псевдоним, реши морской ребус и дальше — в путь. Знак , обозначает лишнюю букву в слове.

_ _ _ , ,   , , _ , ,   , , , , , _ _

Ответ: Акунин

Центральная улица Москвы — Тверская

— Мой предок — князь Долгоухий — писал, что все самые лучшие особняки, гостиницы и магазины располагались на **Тверской улице**, — объяснил Гоша Шуре очередное перемещение в пространстве. Поправил платочек в нагрудном кармашке жилетки. — По Тверской ещё в XIV веке шла дорога из Кремля в важнейший на Руси город — Тверь. Когда столицу перенесли в Санкт-Петербург, по этой улице императоры въезжали в Москву. На их пути были установлены триумфальные арки. Так и появилась Триумфальная площадь.

На главной московской улице ты можешь увидеть памятник **Юрию Долгорукому**. Ты, наверно, не забыла, что именно он и основал Москву.

Улица Максима Горького

Так с 1932 по 1990 год называлась Тверская и 1-я Тверская-Ямская улицы. Имя получила в честь писателя Максима Горького по его возвращении в советскую Россию в поддержку нового государства.

Напротив памятника находится **мэрия Москвы**, где работает управляющее городом правительство. Раньше мэров называли генерал-губернаторами, и это здание было их резиденцией. Оно было возведено архитектором Матвеем Казаковым в 1782 году. Также на Тверской находится ещё одно важное для страны здание — Государственной думы.

Каждый дом на Тверской со своей историей. В здании Английского клуба, например, жизнь просто кипела. За игрой в карты здесь собирались князья Голицыны, Оболенские, Долгорукие, писатели Пушкин, Карамзин, Жуковский, Крылов, Одоевский, Толстой, Гоголь. Сегодня здесь находится Государственный центральный музей современной истории России.

Шура, а сейчас мы находимся в «Храме обжорства», как называли сто лет назад магазин «Елисеевский».— Гоша сглотнул слюну, увидев деликатесы на прилавках. — Тверская рада гостям столицы. На ней расположены самые дорогие и красивые отели России. **Гостиница «Националь»** построена в 1901—1903 годах. Она украшена лепниной, витражами и мозаичными панно. Здесь останавливались Анатоль Франс, Джон Рид, Герберт Уэллс. А на месте известной в советское время гостиницы «Интурист» в 2006 году был построен **отель «Ритц Карлтон Москва»**, который обожают мировые звёзды.

Государственная дума

Государственная дума — законодательное учреждение России с 1994 года, в ней заседают 450 депутатов. Совет при главе государства с названием «Боярская дума» существовал и тысячелетие назад в Киевской Руси. Происходит от слова «думать».

Гастроном «Елисеевский»

В 1898 году дом XVIII века, построенный для Екатерины Козицкой, приобрёл петербургский купец-миллионер Григорий Елисеев и после ремонта открыл продуктовый магазин, где чего только не было. Здесь впервые москвичи увидели оливковое масло, французские трюфели и устрицы. Гастроном работает и сегодня. А на втором этаже особняка находится Мемориальный музей Николая Островского.

Популярным местом встреч у москвичей была башня **Центрального телеграфа**, возведённая в 20-е годы прошлого века, где на уровне третьего этажа можно видеть стеклянный вращающийся глобус.

Тверская славится своей культурной жизнью. Здесь находятся один из филиалов Московского музея современного искусства и целое созвездие театров: Ермоловой, Станиславского, Моссовета, МХТ имени Чехова, Театр Сатиры, Концертный зал имени Чайковского, а также в отходящем от улицы Мамоновском переулке — Московский театр юного зрителя (см. главу «Москва театральная»).

А на Триумфальной площади возвышается памятник известному поэту Владимиру Маяковскому.

Телеграф

Это средство передачи сигнала по проводам. Первый электромагнитный телеграф создал российский учёный Шиллинг в 1832 году. А Сэмюэл Морзе изобрёл телеграфный код, где буквы алфавита — это комбинация коротких и длинных сигналов — «точек» и «тире» (код Морзе).

Шагающие здания на Тверской

В советское время было много экспериментов с архитектурой. Случались и чудеса. Так, здание Саввинского подворья массой в 23 тысячи тонн было передвинуто на 50 метров в глубину квартала за одну ночь вместе с жителями. Среди «шагающих домов» на Тверской здание Госдумы и дом 18б (бывшее издательство Ивана Сытина).

Задание

Шура, давай поиграем! Нужно взять первые буквы слов стихотворения и из них составлять слова. Кто больше составит слов за одну минуту?

Мы идем, ни на миг не смолкая.
Все родные — слова, все родные — черты!
О, апрель незабвенный — Тверская,
Колыбель нашей юности ты!

(Из стихотворения «Тверская» поэтессы и москвички Марины Цветаевой)

Арбат

Самая знаменитая улица Москвы

— Гоша, где это мы очутились? — сказала Шура, пританцовывая в такт играющим прямо на улице музыкантам.

— На Арбате, пешеходной улице Москвы. Тут всегда весело! Царит атмосфера творчества! Художники, музыканты, циркачи, антиквары, продавцы сувениров — для всех Арбат стал любимым местом. Он такой же разный, как сама Москва. Может, поэтому это самая воспеваемая поэтами, живописцами, режиссёрами, писателями улица.

**«От любови твоей вовсе не излечишься,
Сорок тысяч других мостовых любя.
Ах, Арбат, мой Арбат, ты — моё отечество,
Никогда до конца не пройти тебя!» —**

Булат Окуджава

Откуда возникло название улицы Арбат?

Эта древнейшая улица недавно отметила своё 500-летие, раньше здесь была дорога на Смоленск. Само слово «арбат», по одной версии, возникло от арабского «арбад», то есть «пригород», по другой — из тюркского «рабад», означающее «постоялый двор», а историк Иван Забелин и вовсе считал изначальным словом «горбат» — из-за холмистой местности.

писал знаменитый бард прошлого века **Булат Окуджава**. Его называют «певцом Арбата», ведь он посвятил родной улице около 55 стихотворений. Окуджава стал вечным жителем Арбата — вот ему памятник, посмотри!

По слухам, по Арбату до сих пор ходит привидение Окуджавы и слушает уличных музыкантов. Подходит оно и к **Стене памяти** культового певца Виктора Цоя, которая выходит на Кривоарбатский переулок, где собираются поклонники отечественного рока.

На Арбате селились различные мастера. Их профессии отразились в названии многих переулков (Плотников, Серебряный). А в XIX веке он превратился в улицу аристократов.

Кажется, что Арбат притягивает к себе интересные личности. Многие дома на этой улице с мемориальными досками в память о знаменитых людях, которые там жили в разное время.

Процветает на Арбате театральное искусство. В здании, похожем на средневековый замок, который так и называют «Дом с рыцарями», расположился Центральный дом актёра. Напротив него — Театр имени Вахтангова. Рядом с ним находится талисман театра — **фонтан «Принцесса Турандот»**. Его создали в честь 75-летия постановки этой пьесы. В Большом Николопесковском переулке же находится Институт

имени Бориса Щукина при театре Вахтангова.

Поэзия никогда не покидала Арбат. В **доме № 53** провёл свои лучшие месяцы в жизни Александр Пушкин с супругой Натальей Гончаровой, а теперь тут открыт музей-квартира поэта. На эту замечательную пару любуются все проходящие мимо скульптуры «Пушкин и Гончарова» работы Бургановых.

Почти по соседству, но веком позже, жил на Арбате в так называемом Профессорском доме другой поэт — Андрей Белый (Борис Бугаев). В его квартире любили собираться его друзья и коллеги: Александр Блок, Валерий Брюсов, Максимилиан Волошин, Зинаида Гиппиус. И мы с тобой тоже можем узнать о жизни поэта в его мемориальной квартире.

Если Андрей Белый был занят, то поэты приходили пообщаться в соседствующее с его домом кафе — «Арбатский подвал». В нём сейчас расположен Культурный центр Украины.

Дом с привидениями на Арбате

По слухам, в доме 14 на Арбате обитали привидения. С конца XVIII века это было имение князей Шаховских, а с середины XIX — Оболенских, духи которых, по легендам, до сих пор витают вокруг. Особняк был разрушен при бомбёжке 1941 года.

Пожалуй, самым любимым местом, где отмечались важные вехи нелёгкого творческого труда Чехова, Репина, Льва Толстого, был **ресторан «Прага»**.

Среди интересных зданий советского периода на Арбате Дом Мельникова, памятник архитектуры советского авангарда, построенный в 1927—1929 годах, здание Министерства иностранных дел, а также улица Новый Арбат, где находятся крупнейший «Дом книги» и кинотеатр «Октябрь».

Задание

В районе Арбата находится музей знаменитого композитора. Ты угадаешь его фамилию, если к суффиксу слова «арбатский» прибавишь корень слова «рябина».

Ответ: Скрябин

Замоскворечье

Якиманка и Замоскворечье до Садового кольца. Царство «Тит Титычей»

— Гоша, а почему Замоскворечье называют «царством Тит Титычей»?

— Это было очень популярное имя у купцов, которые жили здесь в больших усадьбах с садами. По слухам, в местных окрестностях можно даже встретить привидение пузатого купца, говорящего: «Червонное бери. Не пожалеешь». Замоскворечье воспел в своих пьесах знаменитый драматург Александр Островский, где сейчас и находится его дом-музей.

В Замоскворечье и на Якиманке, бывшем Заречье, каждая улица дышит древней историей.

Остров Балчуг напротив Кремля был отделён Москвой-рекой и Водоотводным каналом. Балчуг — это от татарского «балчык» («глина, грязь»). В те далёкие времена грязи здесь из-за наводнений было много! От затопи делали дренажные каналы — «ровушки». Так и появилась **Раушская набережная**. А на ней стоит красивейшая гостиница «Балчуг».

О раскинутых здесь царских садах XVI—XVIII веков напоминает Садовническая набережная и улица. На западе острова было местечко Болото, которое использовали для казней. О нём напоминает **Болотная площадь**.

Тут в зелёном сквере стоит скульптурная композиция Михаила Шемякина: «Дети — жертвы пороков взрослых».

Ниже от площади находится местечко Берсеневка, где до сих пор стоят палаты думного дьяка Аверкия Кириллова. Он заведовал царскими садами. А ещё в Берсеневке была построена первая в городе электростанция. И создал её Павел Яблочков, изобретатель лампочки.

Взгляни, Шура, вон там возвышается «Дом на набережной». В нём живут знаменитости, а ещё находятся театр Эстрады, где в постоянном репертуаре мюзикл «Карлсон, который живет на крыше», и кинотеатр «Ударник».

На западе острова Балчуг раньше была шоколадная **фабрика «Красный Октябрь»**. Аромат стоял волшебный! От неё осталось лишь название того места, где теперь находятся самые интересные в городе арт-кафе.

Шура, посмотри на величественный силуэт корабля и императора **Петра Первого**, возвышающийся над Москвой-рекой. Этот памятник создал в 1997 году скульптор Церетели. И теперь этот памятник является одним из символов Москвы.

Восточный край острова Балчуг украшает здание Московского международного Дома музыки, построенного в 2000—2002 годах.

Музей «Волшебный букварь»

В этом интерактивном музее-театре можно увидеть дворцы в виде букв, «Сад ароматических букв», «Букварь чудес света» и многое-многое другое.

На его куполе — скрипичный ключ высотой 9,5 метра. Его тоже сделал Зураб Церетели. Этот ключ ещё и флюгер — он вращается даже от лёгкого дуновения ветерка!

— А теперь, Шура, вернёмся на «большую землю» и попробуем расшифровать названия некоторых улочек. В старину была здесь Татарская слобода, жили ордынцы и переводчики — толмачи. О них остались исторические следы в названиях улиц: Большая и Малая Ордынки, Толмачёвские переулки. А на Большой Татарской стоит старая мечеть, аж 1823 года постройки.

В Замоскворечье есть даже старообрядческая церковь — Покровский собор на Новокузнецкой улице. Много здесь и православных храмов Москворецкого благочиния: Иверской иконы Божией Матери на Всполье, Николая в Кузнецах, Николая в Пыжах, Марона

Дом Игумнова

На Большой Якиманке расположился особняк купца Игумнова, похожий на старинный терем. Сегодня в нём находится посольство Франции.

Пустынника в Старых Панех, мученика Иоанна Воина на Якиманке и другие святыни. А ещё тут стоит Марфо-Мариинская обитель милосердия (см. главу «Монастыри Москвы»).

Среди жителей старого Замоскворечья были кадаши (те, кто делал кадки), стрельцы, работники монетного двора, кузнецы, что отразилось в названиях улиц и переулков района. Так, в 5-м Монетчиковском переулке находится Музей леса. Улицы Большая и Малая Якиманки названы в честь придела Иоакима и Анны Благовещенской церкви XV века, снесённой в 1933 году, а Пятницкая — по приделу Параскевы Пятницы разрушенного храма. Он некогда располагался там, где сейчас вестибюль станции метро «Новокузнецкая». Большая и Малая Полянки получили имена от старой дороги в Серпухов, проходившей по «всполью».

Задание

Помоги Шуре отгадать название известной пьесы Островского, добавь к букве нужный цветок.

Ответ: «Гроза»

Третьяковская галерея и Центральный дом художника

— Шура, а знаешь ли ты, какое главное сокровище скрывается в районе исторического Замоскворечья, теперешней Якиманке? — загадочно спросил пёс Гоша.

Шура отрицательно покачала головой.

— **Третьяковская галерея**! — только и успел сказать Гоша, как наших героев закружил ветер и перенёс их в Лаврушинский переулок.

— Для купцов в России была важна не столько нажива денег, сколько польза обществу. Так, Павел и Сергей Третьяковы создали свою галерею, а в 1892 году подарили её городу. Сейчас галерея находится не в одном здании, а сразу в нескольких: в галереях Лаврушинского переулка и на Крымском Валу, в Инженерном корпусе, музее-храме Святителя Николая в Толмачах, музее-квартире Аполлинария Васнецова, домах-музеях Виктора Васнецова и Павла Корина, музее-мастерской Анны Голубкиной. В главном же здании галереи мы с тобой посмотрим на шедевры русского искусства до XX века.

В зале с иконописными шедеврами древнерусских мастеров особое место занимает икона **Святой Троицы**

кисти Андрея Рублёва. Цвета, лики, позы ангелов до сих пор являются загадкой. Она приближает к тайне Бога, троичного в лицах и в то же время единого по своей сути. Говорят, многие люди, увидев эту чудесную икону, принимают православие.

Для демонстрации исполинского холста Александра Иванова «Явление Христа народу» длиной 5,4 м и шириной 7,5 м в Третьяковке создан специальный зал. Сюжет картины навеян первой главой Евангелия от Иоанна в Библии. Художник работал над шедевром двадцать лет (1837—1857) в Италии в одиночестве. Рядом с картиной находятся эскизы. Иванов изобразил на полотне и своего друга писателя Николая Гоголя. Сможешь его найти?

Особое место в галерее занимает русская живопись второй половины XIX века. Особенно работы передвижников. Вот их имена, которые ты ещё очень часто будешь встречать, если захочешь поближе познакомиться с русской живописью! Перов, Крамской, Мясоедов, Савицкий, Маковский, Васнецов, Саврасов, Шишкин, Поленов, портретисты Репин, Кустодиев, Суриков, скульптор Антокольский, пейзажист Левитан, модернист Врубель.

Выставка искусства XX века находится в филиале Третьяковки на Крымском Валу. Она занимает почти всё пространство Центрального дома художника (ЦДХ).

Передвижники — российские художники последней трети XIX века, вели активную просветительскую деятельность, организуя передвижные выставки.

В начале прошлого века русские художники стремились создать совершенно новое искусство — авангард. Среди таких экспериментаторов были Малевич, Кандинский, Шагал, Гончарова, Ларионов, Нестеров, Петров-Водкин.

После революции в советской России стали рисовать в жанре «социалистический реализм», идейном искусстве: Сварог (Корочкин), Герасимов, Лактионов, Назаренко, Дейнека, Перельман, Пименов, Яблонская, карикатуристы «Кукрыниксы».

Работы современных живописцев можно увидеть в остальных залах ЦДХ, здесь также часто проводятся интересные тематические выставки.

А по соседству на открытом воздухе расположился парк искусств «Музеон». В нём ты можешь увидеть более 700 скульптур! Здесь есть даже бронзовый памятник Максиму Горькому работы Веры Мухиной и Ивана Шадра и фрагмент скульптуры Вучетича «Стоять насмерть». А ещё в «Музеоне» находится площадь героев России. Это часть ансамбля «Мир добра», придуманного и сделанного в 2007 году. На площади заложены звёзды в честь известных учёных, деятелей культуры и политики России. Рассмотри их!

— Гоша, спасибо за невероятную экскурсию. Особенно понравились волшебные сюжеты Виктора Михайловича Васнецова. Хотелось бы и мне быть художницей, — мечтательно сказала Шура.

— Если будешь усердно работать каждый день, то всё обязательно получится.

Задание

Если тебе так запомнились работы Васнецова, попробуй догадаться, какие сказки и былины легли в основу его картин.

Ответы: Сказки «Иван-царевич и Серый волк», «Сестрица Алёнушка и братец Иванушка», былины об Илье Муромце, Добрыне Никитиче и Алёше Поповиче.

Парк культуры и отдыха имени Горького

— Шура, Москва растёт, словно тесто на дрожжах. Старинный район Замоскворечье давно вышел за свои давние исторические границы — Скородом. О них только и осталась память в улицах: улица Валовая, Зацепский Вал, Крымский Вал. А Скородомом или Земляным городом называли деревянные стены с валами (башнями) вокруг Кремля и Китай-города (см. главу «Садовое кольцо»). Они защищали от врагов. За одним из валов — Крымским — сегодня располагаются **Центральный парк культуры и отдыха имени Горького** и **Нескучный сад**. И я с большой-большой радостью прогуляюсь там с тобой!

Парк Горького за свою столетнюю историю менялся не один раз! В начале XX века на его месте была свалка. В 1923 году здесь построили здания для Всероссийской сельскохозяйственной и кустарно-промышленной выставки. А спустя пять лет тут возник

по проекту архитектора-авангардиста Константина Мельникова парк — досуговый центр с политико-воспитательной работой для трудящихся. Это значит, что люди могли здесь не только отдыхать, но и слушать специальные лекции. В конце XX столетия вход в парк Горького стал платным, там появились аттракционы и множество палаток и кафе.

Но совсем недавно он снова преобразился! Свободный вход, танцующие фонтаны, открытый кинотеатр, огромный зимний каток, рестораны, площадки для занятий спортом, танцами, йогой и для игр. Кстати, обучиться новым играм ты можешь совершенно бесплатно. Вот такая новая жизнь парка Горького!

Нескучный сад, часть парка Горького, был известен ещё в XVIII веке. Там была увеселительная усадьба князя Никиты Трубецкого. В XIX веке на территории сада и соседних усадеб Голицыных, Демидовых и Трубецких была построена императорская резиденция. И центром был особняк Павла Демидова.

Этот купец в своё время привёз сюда около 2000 сортов редких растений. Охраняли их сторожа, вымазанные мелом, очень похожие на статуи. И если посетители хулиганили, «скульптуры» ругались. Народу очень понравилась забава Демидова. И сад назвали Нескучным.

В нём и сейчас весело: тут собираются любители хоббитов — толкиенисты, находится детский клуб «Шардам», мини-зоопарк и крупнейший в России **Минералогический музей имени Ферсмана РАН**. Посмотри-ка на все эти минералы из разных уголков мира, в том числе из пещер, драгоценные камни, метеориты — Кощей мог бы позавидовать богатству.

— Да, Гоша. Никогда не думала, что камни — это настолько увлекательно!

— Нас впереди ещё ждут и не такие чудеса! Шура, любишь ли ты ездить в поездах?

— Конечно! Так весело смотреть на мелькающие за окном деревья, дома, платформы.

— Тогда мы отправляемся на Павелецкий вокзал. Совсем недалеко от него находится Музей Московской железной дороги. Там мы с тобой откроем такой занимательный мир поездов. Узнаем, как появилась железная дорога, и заглянем в её будущее.

Телецентр на Шаболовке

— В районе Якиманка начинается **улица Шаболовка**. По её имени назван один из телевизионных и радиовещательных центров в Москве, и стоит он у подножия Шуховской башни. Именно тут на Шаболовке, 37, размещалась редакция детских программ Центрального телевидения. А с 1991 года весь технический комплекс передан каналам, которые ты наверняка знаешь — «Россия-1», «Культура», «Карусель», «РТР-Планета» и другие.

Главная улица Замоскворечья — Пятницкая — была старейшей дорогой из Москвы на юг: в Рязань, Тулу, Серпухов. Сегодня за Садовым кольцом (в старину за валами Земляного города) она переходит в Большую Серпуховскую улицу. Между ней и улицей Павловской находится «Театриум на Сер-

Шуховская башня

Первая в России телебашня была новаторской для своего времени. Построили её в 1920—1922 годах по гениальному проекту В.Г. Шухова. Её высота 160 метров. Шуховская башня — высочайшее достижение инженерного искусства. По тем же принципам созданы башни в порту города Кобе в Японии, в Либерце в Чехии, в Цюрихе в Швейцарии, в Гуанчжоу в Китае.

пуховке» (Театр клоунады под руководством Терезы Дуровой). Тут можно посмотреть не только русские спектакли, но и немецкие — в рамках Международного фестиваля спектаклей для детей «Гаврош».

В Замоскворечье в **дome № 24** по Большому Строченовскому переулку жил знаменитый поэт прошлого века. Он приехал в Москву из села Константинова Рязанской области. А в 1995 году в честь 100-летия со дня его рождения здесь открылся музей. Узнать фамилию этого прекрасного поэта можно, если закончить стихотворение:

Задание

Как солнышко и капель весенняя

Поэзия Сергея ....

Ответ: Есенина

Садовое кольцо

От Зацепского до Новинского бульвара

— Гоша, а куда мы сейчас отправимся? — поинтересовалась Шура, смотря в окошко троллейбуса, на который они сели.

— Мы поедем на «Букашке» по Садовому кольцу. Именно так называют москвичи кольцевой маршрут **троллейбуса «Б»**. Мы с тобой уже побывали в его

пределах (см. главу «Замоскворечье и Якиманка до **Садового кольца**»). И промчимся в направлении по часовой стрелке по улицам Зацепский Вал, Валовая, Крымский Вал без остановок.

Недалеко от Зубовского бульвара, названного так в честь удалого полковника Ивана Зубова, командовавшего стрелецкой слободой, находится музей-усадьба Льва Николаевича Толстого «Хамовники». В этом доме великий писатель жил в 1882—1901 годах и написал около 100 произведений. В его интерьерах можно ощутить атмосферу того времени, а также прогуляться по садику, окружающему музей.

— Шура, любишь ли ты лепить фигурки из пластилина?

— Конечно. Я, может, стану великим скульптором, как Анна Семёновна Голубкина. Я даже знаю, что недалеко от Смоленского бульвара находится её музей-мастерская. Видела там скульптуры и рельефы в гипсе, бронзе, мраморе, дереве. А ещё здесь есть коллекция резных камней.

Садовое кольцо

Возникло на месте Земляного города, который называли также Деревянным городом или Скородомом (из-за скорости его постройки). Это было четвёртое оборонительное кольцо Москвы эпохи царя Бориса Годунова в виде высокого вала насыпанной земли со рвом и деревянной стены высотой около 5 метров с 34 башнями. В начале XIX века Земляной город решили снести, и на месте стен, валов и рвов владельцы этих земель сажали сады. Отсюда и название — Садовое кольцо.

— Какой у тебя широкий кругозор, Шура! — восхитился Гоша. — Тогда едем дальше на нашей чудесной «Букашке» в сторону Арбата (см. главу «Арбат — самая знаменитая улица Москвы»). Мы промчимся по Смоленскому бульвару, увидим высотку Министерства иностранных дел и приедем на Новинский бульвар. Его название происходит от слова «новины» — так назывались холсты, которые делали монахини утраченного монастыря пророка Иисуса Навина.

В этом богатом районе жил почти сто лет назад оперный певец Фёдор Иванович Шаляпин. Рядом с домом стоит теперь его памятник работы Церковникова. А в доме Шаляпина, ставшем музеем, мы можем с тобой спеть его любимые романсы «Очи чёрные» или «Вдоль по Питерской…».

Зоопарк

— Близ Новинского бульвара находится район Пресни и бывшее село Кудрино, где тебя ждут незабываемые приключения. Хочу тебя познакомить со своими друзьями — зверями из **Московского зоопарка**. Находится он недалеко от Кудринской площади. А был

открыт ещё в 1864 году. На его территории расположены Пресненские пруды, где и летом и зимой живут птицы со всех уголков Земли, в том числе и черношейные журавли, которых осталось всего 150 на планете. Каких животных тут только нет! Слоны, медведи, обезьяны, редкие белые тигры и жираф Самсон Гамлетович Ленинградов будут рады детям. В дельфинарии мы посмотрим представления морских обитателей: дельфинов, белух и морского льва. В павильоне «Инсектопия» познакомимся с миром насекомых и бабочек, в «Экзотариуме» узнаем всё о царстве рыб, а в «Террариуме» увидим рептилий.

Планетарий

Совсем рядом с зоопарком разместилось ещё одно чудо Москвы — **планетарий**, существующий с 1929 года. Его главный зал — Звёздный — самый большой в Европе. Купол-экран диаметром 25 метров и особая система звука создают эффект полного погружения в просторы Вселенной.

В Музее «Урании» мы пройдём всю 80-летнюю историю планетария. Законы физики и астрономии изучим на собственном опыте в музее «Лунариум». На крыше

Урания — одна из муз в древнегреческих мифах, представительница астрономии, которая изображалась с небесным шаром.

музейного корпуса «Парк неба» поглядим на астрономические площадки мира, а в Малом Звёздном зале посмотрим кино о космосе. В планетарии находится самый большой в России маятник Фуко с нитью длиной 16 метров и 50-килограммовым шаром, качающимся над 6-метровой шкалой. Он показывает, что Земля вращается вокруг своей оси.

— Шура, а знаешь ли ты, что на Луне станешь весить в 6 раз меньше? От того, что там ниже сила притяжения из-за меньшей, чем земная, массы Луны. Поэтому всегда везде в кино и показывают, как высоко там можно прыгать!

Шура и Гоша закончили осматривать планетарий, но никак не могли найти выход. Вдруг их взгляд привлекла маленькая дверца с замком. На ней была табличка: «Сможешь выйти, если посчитаешь свой вес на Луне, введёшь цифры на замке, и дверь откроется».

Задание

Посчитай, сколько ты будешь весить, если окажешься на Луне.

Ответ: Если вес ребёнка 36 кг, то на Луне он составит всего 6 кг

Садовое кольцо мистическое: от Садовой-Кудринской до Большой Садовой

— Гуляя по зоопарку и планетарию, мы немного отвлеклись от нашего маршрута, но теперь продолжаем путь по Садовому кольцу,— сказал Гоша, приготовив увеличительное стекло.— Впереди нас ждут мистические места из романа Михаила Афанасьевича Булгакова «Мастер и Маргарита» и много других интересных вещей.

— Обожаю тайны.— Шура с готовностью последовала за Гошей.

— Отправимся в район **Патриарших прудов**. В древности на их месте было Козье болото, о котором осталось напоминание в Козихинских переулках. В конце XVI века здесь построили дом для патриарха Иоакима. Он любил кушать рыбу. И для её разведения были созданы три пруда — Патриаршие. Сохранился до наших дней всего лишь один из них, но история ничего не забывает. Остался Трёхпрудный переулок,

знаменитый тем, что в одном из его домов родилась поэтесса Марина Цветаева.

По живописным берегам Патриарших прудов гуляли многие литераторы: Дмитриев, Карамзин, Пушкин, Гоголь, поэт-символист Блок, памятник которому стоит совсем рядом — на улице Спиридоновке, названной по исчезнувшей церкви епископа Спиридона на Козьем болоте. Любил Патриаршие пруды и живший неподалёку Булгаков. Действие его романа «Мастер и Маргарита» начинается именно здесь.

Вдоль аллеи Патриарших прудов можно чудесным образом встретиться с Вороной и Лисицей, Слоном и Моськой, другими героями из 12 басен и их создателем — писателем Иваном Андреевичем Крыловым, запечатлённым в памятнике работы Древина и Митлянского.

На Патриарших прудах «живут» и другие животные — **каменные львы**. Они занимают почётное место на жилом доме в Ермолаевском переулке, построенном в 1945 году для военачальников по проекту архитекторов Дзисько и Гайгарова.

— Гоша, Гоша, я только что видела, как из окна на метле вылетела женщина!

— Это Маргарита из романа Булгакова отправилась на бал, вылетев из окна **особняка Морозова**. Посмотри, его здание похоже, правда? И хранит столько же секретов! Построил его в конце XIX века по капризу своей жены Зинаиды миллионер Савва Морозов. Архитектором был Фёдор Шехтель при участии Михаила Врубеля. После смерти своего мужа Зинаида продала особняк Рябушинским. Дело было в том, что привидение её супруга Саввы совсем не давало житья. Сегодня в особняке находится Дом приёмов Министерства иностранных дел (МИД) России.

Банкир Михаил Рябушинский не только купил дом Морозовой, но и заказал архитектору-сказочнику Шехтелю построить новый особняк. Этот дом был создан словно для владыки морского царства. Тут всё необычно и фантастично, правда? В советское время тут жил писатель Максим Горький, и его музей-квартира всегда ждёт ребят. А во флигеле этого интересного особняка расположился музей писателя Алексея Толстого, авто-

ра сказки о приключениях Буратино. Писатели жили по соседству. И в свободное время очень любили ходить в Театр на Малой Бронной, расположенный всего в двух шагах отсюда.

А мы продолжаем наше необычное путешествие по Большой Садовой. Ведь именно на этой улице располагается **«нехороший дом» № 10**, где в квартире 50 жил Михаил Булгаков и теперь находится музей писателя. По слухам, в нём до сих пор шутит нечистая сила. А ещё могут исполняться желания. Записки с ними копятся целый год, а потом в один из погожих деньков их крепят к воздушным шарикам и отпускают в небо. Скорей загадывай желание!

Многие достопримечательности Большой Садовой и Триумфальной площадей тебе известны: Театр Сатиры, Концертный зал имени Чайковского и памятник Маяковскому (см. главу «Центральная улица Москвы — Тверская»). Мы прогуляемся по **саду «Аквариум»** у театра имени Моссовета, полюбуемся на гостиницу «Пекин» и прокатимся на троллейбусе «Букашка» по Садовой-Триумфальной улице, вдоль которой разбит сквер.

Как только Гоша и Шура вышли из троллейбуса, перед ними появился странный человек в клетчатом пиджаке: «Здравствуйте! Я Коровьев, но совсем забыл, как зовут моего пропавшего друга. Если не поможете вспомнить его имя, ваше чудесное приключение закончится. Вот подсказка»,— и протянул деревянные фигурки с буквами.

Задание

Помоги Шуре и Гоше собрать из геометрических фигурок имя кота из романа «Мастер и Маргарита» Михаила Булгакова. Памятник ему находится на улице Советской армии в доме № 13

Ответ: Бегемот

Садовое кольцо театров для детей

— Известно ли тебе, Шура, что мои предки князья Долгоухие были прекрасными актёрами и часто играли во многих театрах Садового кольца? — напыщенно сказал Гоша. — Мы прогуляемся по всем местам их былой артистической славы.

Братья Люмьер и появление кинематографа

Французы Огюст и Луи Люмьер придумали прототип камеры в 1895 году и назвали его «синематограф», он мог быть использован как для съёмки, так и для проекции на экран изображения. В том же году в Париже состоялась премьера коротких фильмов. При просмотре кадров «Прибытие поезда на вокзал» публика разбежалась, думая, что на них едет настоящий поезд.

Вдоль улицы Каретный Ряд, отходящей от Садовой-Каретной (их названия происходят от живших здесь мастеров по каретам), раскинулся **сад «Эрмитаж»**. Он открылся по инициативе предпринимателя Якова Щукина в 1895 году и сразу стал центром театральной жизни Москвы. Тут состоялись премьеры пьес Антона Павловича Чехова «Чайка» и «Дядя Ваня», дебютировал Сергей Рахманинов, выступали актрисы Сара Бернар, Мария Ермолова, балерина Анна Павлова, пели Фёдор Шаляпин, Клавдия Шульженко, Лидия Русланова.

Шура, ты, наверно, обожаешь смотреть детские фильмы в кинотеатре. Так вот, первый сеанс кино в Москве был показан в 1896 году как раз в «Эрмитаже» братьями Люмьер.

«Эрмитаж» остаётся тем же весёлым местом, как и столетие назад. Здесь находятся сразу три театра. **«Новая опера»** — там можно услышать лучшие голоса России. «Сфера» — с его уникальными представлениями, в которых зрители тоже участвуют в пьесах.

«Эрмитаж» — с постановками современных драматургов. Есть в саду и другие забавы: «Парк мелового периода», прокат велосипедов, клуб чайной культуры, ледовый каток, балетная и танцевальная школы, студия живописи, детская площадка. Красота!

Недалеко от сада «Эрмитаж» на Малой Дмитровке располагается ещё одно замечательное место для ребят — Детский музыкальный театр юного актёра. А в соседнем с ним доме — легендарный театр «Ленком», куда любил ходить мой предок пёс Долгоухий со своим хозяином.

Наше театральное путешествие продолжается на улице Садовой-Самотёчной, взявшей своё название от бывшего Самотёчного пруда. Она знаменита одним из главных символов «детской» Москвы — **Центральным театром кукол имени Сергея Владимировича Образцова**.

— Шура, мне хотелось бы познакомить тебя со своими родственниками. У них очень интересная работа — радовать детей! — сказал Гоша улыбаясь. — Пройдёмся по Самотёчной улице до улицы Дурова, получившей имя в честь Владимира Леонидовича Дурова, родоначальника династии дрессировщиков животных.

Центральный театр кукол имени Образцова

Был открыт в 1937 году. Многие годы им руководил Сергей Образцов. В 1970 году на здании театра появились часы. Каждый новый час открываются дверцы в домиках на циферблате, и один из двенадцати сказочных персонажей приветствует всех под музыку «Во саду ли, в огороде». В театре Образцова находится один из крупнейших в мире музеев театральных кукол.

Уголок дедушки Дурова

Был открыт в 1912 году клоуном, дрессировщиком, зоопсихологом Дуровым. Он разработал свой метод дрессировки: отказался от хлыста и палки при работе с животными, основываясь на доброте. В наши дни в волшебной стране зверей Дурова помимо Большой, Малой сцены и музея есть аттракцион «Мышиная железная дорога»

История

Слово «цирк» возникло от латинского circus, то есть «круглый», так как его шатёр имел форму окружности. Цирк известен ещё с эпохи Древнего Рима как место для конных состязаний, соревнований колесниц, боёв гладиаторов и других зрелищ.

Цирк имени Никулина на Цветном бульваре

— Помню, как мой прапрадедушка рассказывал о своём весёлом житье-бытье в Уголке Дурова. А вот мой двоюродный дядя выступает сейчас в Цирке Никулина на **Цветном бульваре**. Поторопимся, Шура, а то опоздаем на представление.

Старое здание цирка было создано ещё в 1880 году по заказу циркового наездника и предпринимателя Саламонского. Но люди чаще вспоминают другого директора цирка — клоуна Юрия Никулина. Под его руководством в 1989 году было построено новое здание, настоящий дворец циркового искусства с великолепным фонтаном.

— Шура, а нам пора завершать наше путешествие по Садовому кольцу, но вот незадача. Мы не сможем поехать дальше, если не отгадаем загадку моего предка — артиста Долгоухого.

Задание

Один из художников сделал два его портрета и сказал, что между ними 10 отличий. Эта семейная тайна так и осталась неразгаданной. Может, тебе удастся?

Садовое кольцо, овеянное легендами. От Садовой-Сухаревской до Таганки

— Ты такая молодец! — воскликнул Гоша, когда Шура разгадала великую семейную тайну рода Долгоухих. — Думаю, ты не побоишься продолжить путь, на котором мы столкнёмся с магом Яковом Брюсом.

— Нет, Гоша. Я очень смелая, — сказала с гордостью Шура. — Даже темноты не боюсь!

— Тогда вперёд — к месту, где когда-то стояла **Сухарева башня** между Малой и Большой Сухаревской площадью. К сожалению, её снесли в 30-е годы прошлого века.

История Сухаревской площади также неразрывно связана с графом Шереметевым (см. главы «Кусково» и «Останкино»), основавшим здесь Странноприимный дом с богадельней. На его месте сегодня находится

Сухарева башня и маг Яков Брюс

Сухарева башня была одним из первых каменных зданий, построенных в Москве во времена Петра I в конце XVII века, и названа так в честь полковника стрелецкого полка Сухарева. В башне размещалась первая в России навигационная школа. На самом верху был астрономический кабинет с телескопом — владения сподвижника царя Якова Брюса, которого считали колдуном из-за его обширных познаний в медицине, астрономии, математике, алхимии. Говорят, до сих пор не найдена Чёрная книга Брюса, где скрыты все его тайны и заклинания.

Институт скорой помощи имени Николая Васильевича Склифосовского. Тут, как и 200 лет назад, помогают людям.

— Я была бы счастлива, если бы на свете не было болезней! — сказала Шура.

— А мне бы хотелось, чтобы войны и солдаты исчезли,— сказал мечтательно Гоша.— Но историю не перечеркнуть. Об этом говорит и название Садовой-Спасской улицы, на которой располагались в XVIII веке Спасские артиллерийские казармы. Мы проедемся по ней на нашем чудесном троллейбусе «Букашка» до площади Красные Ворота.

В начале XVIII века в честь победы в Полтавской битве появились эти великолепные ворота Земляного города — Триумфальные. Однако их название не прижилось. Народ им дал своё имя — Красные. Потому что они были очень-очень красивые. Спустя время они исчезли, а образ ворот остался в интерьере одноимённой станции метро.

В районе Красных Ворот родился знаменитый поэт Михаил Лермонтов. В честь него и была названа площадь, на которой высится монумент поэту работы скульптора Исаака Бродского.

— «Белеет парус одинокий,
В тумане моря голубом...
Что ищет он в стране далекой?» —

процитировал Гоша стихотворение Лермонтова.— На **Садовой-Черногрязской** мы тоже поищем что-нибудь.

Богадельня — бесплатное заведение для содержания престарелых, немощных, увечных и выздоравливающих.

На этой улице, названной по притоку реки Яузы — Черногрязке, есть **двор с необычными скульптурами**: девушки с зонтом, сидящего на скамейке чугунного господина, двух улыбающихся львов, которые повышают настроение всем прохожим.

— Шура, идём дальше — на улицу Земляной Вал.

— Я знаю, почему у неё такое имя — от оборонительных валов Земляного города.

— Абсолютно верно, Шура,— поправил шляпу Гоша.— На этой улице располагается Курский вокзал. А ещё на Земляном Валу есть усадьба Усачёвых-Найдёновых с живописным парком, скульптурами и беседками, созданная по проекту архитектора Жилярди в 1831 году.

На Земляном Валу (бывшей Чкаловской улице) жили лётчик Чкалов, композитор Прокофьев и детский писатель Маршак, автор «Усатого полосатого» и «Где обедал воробей?».

Вот и замыкается наше Садовое кольцо! Прямо в Заяузье (за рекой Яузой) — на Таганке. Давным-давно здесь жили кузнецы, делавшие таганы — котлы на подвесе-треножнике для военных

Музей холодной войны («Бункер-42»)

Можно пощекотать себе нервы в этом военно-историческом развлекательном музее на Таганке. Он создан на бывшем засекреченном военном объекте СССР — Запасном командном пункте дальней авиации (ГО-42), находящемся на глубине 60 метров.

походов. Центром их слободы был существующий и сейчас **храм святителя Николая на Болвановке**. Это забавное название произошло по профессии мастеров, изготовлявших болванки для шляп. Таганка знаменита и своим одноимённым театром, где в своё время работал Владимир Высоцкий.

Наша волшебная прогулка завершается в Театре сказок, расположенном на территории детского таганского парка. После кукольного спектакля мы обязательно по нему пройдёмся.

Как только вслед за Гошей Шура вышла из театра, в её руки прилетел конверт. Там было письмо:

Задание

«Новые приключения ждут тебя, если закончишь строчку стихотворения Самуила Маршака и отгадаешь название его самой знаменитой сказки:

Тили-тили, тили-бом!

Загорелся ....!»

Ответ: «Кошкин дом»

Царицыно

Из грязи в князи

— Прошу, мадемуазель! — Гоша галантно открыл перед Шурой дверь подъехавшей золотой кареты, запряжённой тройкой вороных коней. — Мы отправляемся в настоящее поместье императрицы Екатерины II. Оно так и зовётся — **Царицыно**. Но не всегда у него было такое благородное имя.

В далёком XVI веке местечко это принадлежало сестре царя Бориса Годунова — Ирине. И называлось Богородским. После Смутного времени здесь образовалась пустошь — Чёрная грязь. Она была знаменита своими целебными ключами и грязями. Здесь жил друг Петра I молдавский государь Дмитрий Кантемир. Он построил каменный храм иконы Божией Матери «Живоносный Источник», являющийся старейшей постройкой в Царицине сегодня.

Жизнь небольшого села с неблагозвучным именем резко поменялась в 1775 году. Его купила у Канте-

Масонство — это всемирная тайная организация, носящая религиозный и политический характер. Слово «масон» означает «строитель, каменщик».

миров для себя императрица Екатерина II, влюбившаяся в местный пейзаж. Она решила создать здесь летнюю царскую резиденцию. И помогал ей в этом **архитектор Василий Баженов**. Он вложил в этот проект всю свою душу и фантазию, но из-за дворцовых интриг последовало ужасное событие. Императрица издала указ о том, чтобы полностью разрушить построенный Баженовым за десятилетие дворец, а на его месте возвести новый. Эту работу поручили Матвею Казакову, ученику Баженова.

Некоторые историки писали, что виной всему было масонство Бажено-

«Башня-руина» (Чёртова лестница)

Похожа на часть разрушенной старинной крепости со смотровой площадкой. Забраться на неё по крутой и опасной лестнице сложно. Поэтому и назвали её Чёртовой.

ва, которое не одобряла Екатерина II (см. главу «С «Аннушкой»: от Чистопрудного до Яузского бульвара»).

Строительство резиденции государыни вновь затянулось. Да так и не закончилось из-за её смерти. И остался стоять недостроенным в веках дворец. В Царицыне так и не пожил ни один из русских царей.

Величественные постройки Баженова и Казакова со временем разрушались. А пейзажный парк, в котором архитектурные сооружения будто нарисованы кистью живописца, особо не менялся.

— Гоша, действительно, **резные мосты** будто созданы самой природой, — сказала Шура, восхищаясь видом. — А что это на вершине холма над парком возвышается?

— Это беседка «Храм Цереры». При императоре Александре I под руководством архитектора Еготова парк превратился в любимое место прогулок. На месте деревянных баженовских зданий были построены каменные парковые павильоны и беседки «Миловида», «Нерастанкино» и «Храм Цереры». На царицынских прудах появились искусственные острова. На одном из них в Верхнем Царицынском пруду стоит арка «Русалкины ворота», под которой

Курганы — погребальные памятники в виде земляной насыпи.

в XIX веке был большой ручей. По нему на лодочках проплывали влюблённые.

В XXI веке Царицыно начало новую жизнь! В 2007 году был достроен наконец Большой дворец, а под ним создали подземный музей. И сейчас мы отправляемся туда, а потом заглянем в **Хлебный дом**.

— Гоша, посмотри, в Таврическом зале Большого дворца все одеты как во времена российских императоров и танцуют по-старинному!

— Это экскурсия с театрализацией. В Царицыне много развлечений: здесь тебя могут научить работать с камнем, глиной, деревом, рисовать узоры хохломы. Ты узнаешь о мире растений в Виноградной оранжерее и о том, в какие игры играли дачники в конце девятнадцатого века. Сможешь прокатиться по парку на электромобиле, велосипеде или сегвее, посмотреть на танцующий светомузыкальный фонтан и представление в Московском областном театре юного зрителя «Царицыно».

Одним из таинственных мест Царицына остаются курганы вятичей XI—XIII веков, племени восточных славян.

О Древней Руси в Царицыне теперь напоминают деревянные скульптуры славянских языческих богов около курганов.

Царицыно — замечательное место, но нам пора ехать дальше, Шура.

— В карете? — с надеждой спросила девочка.

— Да, но только если ты сможешь решить кроссворд «Корона». Иначе волшебная карета исчезнет.

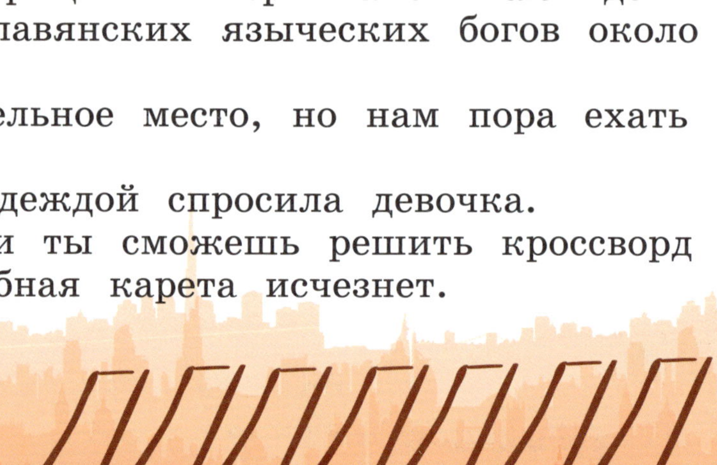

Задание

Вопросы:

1. Без чего умрут от жажды и царь, и его слуги?
2. Император, при котором были построены в Царицыне беседки «Миловида», «Нерастанкино» и «Храм Цереры» (см. главу выше).
3. Как называется растение, которое никто не сажал, но оно растёт в оранжереях Царицына?
4. На чём раньше передвигались цари и короли?
5. Император, основавший город Санкт-Петербург.

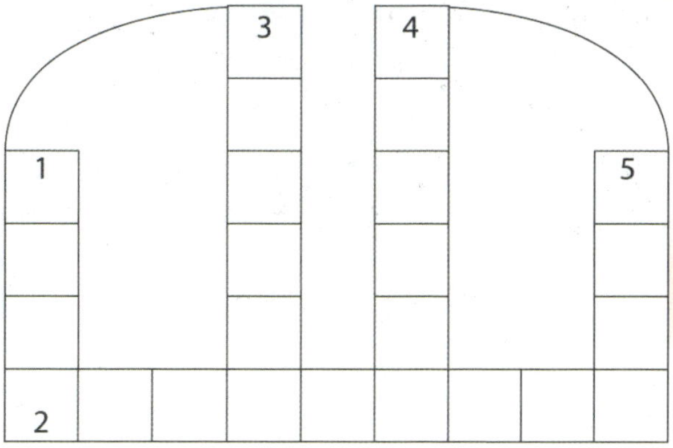

Ответы: 1. Вода. 2. Александр. 3. Сорняк. 4. Карета. 5. Пётр.

Коломенское

Путешествие во времени

— Шура, выходи из золотой кареты. Нас ждёт **Коломенское**. Тут много тайн, о которых истину знают разве только 600-летние дубы. Деревья эти, кстати, волшебные и могут исполнять желания, если обойти вокруг них три раза.

Живописная природа и расположение всего в 13 километрах от Кремля сделали Коломенское излюбленным местом московских князей и русских царей. Здесь была построена царская усадьба. Её обслуживали не только местные, но и жители соседних сёл: Дьяковского, Садовников и Новинок. Интересно, что Коломенское и окружающие его поселения вошли в состав Москвы не так давно — в 1960 году.

Дьяковская культура

Во время раскопок XIX века были найдены следы древнего финно-угорского народа, жившего задолго до создании Москвы на территории села Дьяково в Коломенском. Их обычаи и культуру так и назвали «дьяковскими».

В XVI веке в Коломенском была построена шатровая церковь Вознесения Господня. Её возвёл царь Василий III, молясь о рождении наследника. Чудо случилось — на свет появился Иван Грозный. Он тоже очень любил Коломенское и всегда отмечал здесь свои именины. Но на этом загадки **церкви Вознесения Господня** не заканчиваются! Оказывается, её построили для Иисуса Христа. Именно в ней он должен был вершить свой Страшный суд. А Москва считалась избранным городом и **Третьим Римом**.

Москва — Третий Рим

Царь Иван III женился на наследнице византийских императоров Софии Палеолог — православной по вере. Русский царь должен был объединить всех православных и сделать Москву главным городом мира. Таким когда-то был Рим, но его захватили варвары. Вторым был Царьград, но он не устоял перед войском турок. Москва должна была стать Третьим Римом, который спасёт всех христиан.

В Коломенском каждая церковь необычна! Под храмом Усекновение главы Иоанна Предтечи, построенным при Иване Грозном, был обнаружен таинственный подземный ход. **Церковь Казанской Божией Матери** тоже имеет свою загадку — икону Богородицы «Державная». Её обнаружили благодаря снам простой крестьянки, которой являлась Божья Матерь. Икону нашли в Коломенском в день отречения от престола русского царя Николая II. Говорили, появилась она в помощь людям во время советской власти. И сегодня, по уверениям многих, приносит много исцелений.

Во времена царя Алексея Михайловича (Тишайшего) в Коломенском появилось «8-е чудо света» — огромный дворец с 270 комнатами и 3000 окон. Внутри него было немало фокусов. Например, около трона царя стояли механические львы, которые мотали головами, сверкали глазами и рычали, удивляя иностранцев и радуя царя.

После того как Пётр I, который родился в Коломенском, перенёс столицу в Петербург, дворец его отца стал ветшать. Во время царствования Екатерины II был разобран, но остались чертежи и подробные размеры. По ним в наше время он был воссоздан на радость всем приходящим в Коломенское ребятишкам.

«Положить в долгий ящик» — как это?

В Коломенском дворце Алексея Михайловича был специальный столб, на котором был прибит длинный ящик. В него все люди могли класть челобитные, то есть свои просьбы. Из-за лени помощников царя прошения оставались без внимания на месяцы или годы. Отсюда значение фразы — слишком затянувшееся дело.

— Шура, а знаешь ли ты, что в Коломенском есть «машина времени»? Это Голосов овраг. Его имя часто связывают с языческим богом скотоводства Волосом (Велесом). В зелёном тумане Голосова оврага можно увидеть обросших шерстью великанов или же переместиться в будущее. Известна легенда, что воины крымского хана Девлет-Гирея, уходя от преследования, скрылись на дне оврага. Им казалось, что провели они там несколько минут, но прошло целых 50 лет. И даже царь Михаил Фёдорович поверил в то, что именно так было.

Коломенское и вправду богато загадками! Есть тут необычные каменные «гости». «Половецкая баба» — истукан, привезённый из половецких степей, Борисов камень со странной надписью «Сулиборов (принадлежащий Сулибору) крест». Говорят, такие камни делали по приказу полоцкого князя Бориса Всеславовича. Только с какой целью?.. Самыми таинственными являются камни «Гусь» и «Дева» в Голосовом овраге. По слухам, «Гусь» помогает мужчинам, а «Дева» — женщинам в исполнении желаний.

Мы заглянем ещё в одно весьма занимательное место недалеко от парка «Коломенское» — Музей этнографических костюмов. Тут в студии «Маленькие мастера» узнаем о видах рукоделия, костюмах и традициях различных народов мира.

Домик Петра I

Домик Петра I в Коломенском словно укор роскошному терему отца. «Дворец» первого российского императора, проведшего всю жизнь в походах, напоминает больше избу.

Лефортово

Чудеса на Кукуе

— Шура, путешествие на золотой карете, способной вмиг перенести нас в царские владения, продолжается! Мы посетим Лефортово и Измайлово, районы на востоке города, которые, как и Коломенское, любили русские правители.

Лефортово было названо в честь швейцарца Франца Яковлевича Лефорта, друга царя Пётра I. Этот царь известен тем, что «прорубил окно в Европу», то есть превратил Россию в европейскую страну. Император Пётр учился за границей кораблестроению, навигации, военному делу, а своё детство и юность он часто проводил в Немецкой слободе в Москве. Там и жил когда-то Лефорт.

Царь Пётр I велел Лефорту организовать поселение солдат недалеко от Немецкой слободы, что швейцарец и выполнил. В новом районе появился и военный госпиталь. В нём открылась первая в России хирургическая школа (сейчас это Госпиталь имени Бурденко).

Кукуй

Немцами на Руси называли не только жителей Германии, но и всех иностранцев как «немых», не знающих русского языка. Немецкая слобода находилась в северо-восточной части города, на правом берегу Яузы, близ ручья Кукуй, отсюда и название.

По приказу Петра построили дворец для Лефорта, но он успел в нём пожить меньше месяца. Здание перешло во владение **Александра Даниловича Меншикова**.

Пётр I полюбил **Лефортово** и даже возвёл здесь деревянный дворец — Головинский (раньше тут были владения купца Головина). Спустя время неподалёку, чуть выше по реке Яузе, для императрицы Анны Иоанновны была создана летняя резиденция — Анненгоф. Эти лефортовские дворцы процветали и при государыне Елизавете. Но произошёл пожар. И уже императрица Екатерина II на месте сгоревших построек решила возвести новый дворец с парком. После её смерти дворец оказался ненужным, и в нём расположились солдатские казармы, названные Екатерининскими. А сегодня здесь находится Общевойсковая академия Вооружённых сил Российской Федерации.

Тень славных времён осталась в **Лефортовском парке** (Головинском саду) с липовой аллеей, беседкой-ротондой, прудами и гротом, спроектированным Растрелли.

Золото Меншикова

По легендам, после того как Меншиков попал в немилость государя, в Лефортовском дворце было спрятано два сундука с драгоценностями. Правда это или ложь — неизвестно. Ведь сокровища так и не были найдены.

Измайлово

Кремль в Измайлове

— А мы мчимся на нашей карете дальше, Шура. В Измайлово! Испокон веков оно было известно как владение царского рода Романовых. А до этого оно принадлежало воеводе Льву Измайлову, по его фамилии и было названо. На острове, что в Серебряно-Виноградном пруду, в XVII веке царь Алексей Михайлович устроил свою усадьбу.

По её подобию в наше время был воссоздан комплекс Кремля в Измайлове. Как и несколько веков назад, тут можно увидеть зверинец и птичник, покататься на конях. Узнать, каково жилось на Руси при царях.

В **центре ремёсел Измайлова** («Городе мастеров») можно многому научиться: сделать своими руками свечу, соткать художественную ткань, свалять валенки, испечь пряник. Ты узнаешь тут об игрушечных промыслах с глиняными, деревянными, соломенными, матерчатыми куклами. И сможешь расписать собственную игрушку.

Храм святителя Николая стал духовным центром комплекса Измайлово. Это самый большой деревянный храм в России высотой 46 метров. Он построен в 2000 году.

Измайловский вернисаж

Это крупнейшая в мире выставка-ярмарка предметов изобразительного и декоративно-прикладного искусства, народных промыслов и сувениров. Чего только нет на «блошином рынке» (там, где продают старинные вещи) в Измайлове!

— Шура, посмотри, какая вокруг красота: пруды и парк Измайлово!

— Да, Гоша, мне так тут нравится. А ещё мне бы хотелось преодолеть маршрут «Смелый» в верёвочном парке «Панда». Ты мне поможешь?

— Конечно. В Измайлове для детей много и других забав. Тут находится театр кукол «Альбатрос» и музей Буратино-Пиноккио. А Московский детский театр теней и вовсе единственный в России, где в спектаклях используют приёмы китайского теневого театра.

— Ой, что это? — воскликнула Шура.

Раздался хлопок. Волшебная золотая карета исчезла. И послышался грозный голос: «Закончилось ваше царское путешествие. Начнётся другое — на крылатых оленях в усадьбу Деда Мороза. Но только если отгадаете любимую поговорку царя Алексея Михайловича Романова».

Задание

Угадай, что за пословица зашифрована в шариках.

Ответ: «Делу время, потехе час»

Природно-исторический парк «Кузьминки-Люблино»

Резиденция Деда Мороза

— Как это замечательно — лететь на оленях в московскую усадьбу Дедушки Мороза в природно-исторический **парк «Кузьминки-Люблино»**!

— Проходите, гости дорогие,— встретил путешественников Дед Мороз.— В моём тереме много чудес: сказочный трон, исполняющий желания, перина из снега в спальне и волшебное зеркало, в котором я вижу всех ребят на Земле, а в трапезной всегда ждёт горячий чай, чтобы гости в моих владениях не замёрзли. У Снегурочки в светлице можно погреться у печки, дотронуться до волшебного веретена и узнать тайну Доброй лестницы. Ледовый каток не тает и работает даже летом. Представления, мультфильмы и сказки ждут ребят всегда в моём тереме. И, конечно, я всегда жду писем по адресу: 109472, г. Москва, Волгоградский проспект, владение 168д.

Дед Мороз и его коллеги

Снегурочка и Дед Мороз живут в своём тереме в Великом Устюге, а в свою московскую резиденцию прилетают на Новый год. У Деда Мороза есть коллеги в разных странах: в Америке — Санта-Клаус, в Австрии — Сильвестр, в Финляндии — Йоулупукки, в Испании и Франции — Папа Ноель.

— Спасибо, Дед Мороз! И тебе, Снегурочка,— сказала Шура, еле держащая в руках кучу подарков.

— До свидания! — сказал грустно Гоша.— Нам надо спешить дальше, ведь нас ждёт в гости Цветочная фея. Она каждый год устраивает в Кузьминках фестиваль цветников. С ней мы совершим экскурсию в Музей мёда. Там нам расскажут всё о жизни пчёл и покажут фильм «Сказ про медовый запас». А после будут весёлые игры и чай из самовара с душистым мёдом.

Мельница – Кузьминки–Влахернское

О названии «Кузьминки» историки не имеют единого мнения. Одни говорят, что когда-то в этом месте стояла мельница и управлял ею Кузьма, другие считают, что имя село получило в честь исчезнувшей церкви Косьмы и Дамиана. Влахернским же Кузьминки прозвали по храму Влахернской иконы Божией Матери, действующему и сегодня.

— Известно ли тебе, что мои предки Долгоухие были в большой дружбе с собаками баронов Строгановых, а затем и князей Голицыных, знаменитых владельцев Кузьминок?

Бароны и графы Строгановы

Владельцы земельных богатств на Урале и в Сибири. В 1581 году снарядили казаков во главе с Ермаком в поход на Сибирь, которая была присоединена к России. Строгановы помогали царям деньгами и войском. За это им дали звание «именитых людей». Их фамилией также названы направления в русской иконописи и в архитектуре.

В XVII веке Кузьминки достались как приданое Строгановой на свадьбу с князем Голицыным. И вплоть до революции это село принадлежало семье Голицыных. В их богатой усадьбе бывали даже императоры Пётр I, Александр II и Екатерина II. Об истории Кузьминок рассказывают экспозиции в усадьбе: «Знакомьтесь, Голицыны» и «Традиции домашнего воспитания XIX века». Представить былую эпоху можно прогуливаясь вдоль каскада прудов: Кустовского, Нижнего Кузьминского, Шибаевского, Щучьего, а также по Львиной пристани, Египетского павильона, «Слободки», Померанцевой оранжереи.

— Шура, я знаю, что ты обожаешь лошадей. В Кузьминках сохранился ещё со времён Голицыных **Конный двор**. Там можно не только покататься на лошадях, но и посмотреть представление «Путешествие в сказку». А около Музыкального павильона ты увидишь знаменитую скульптуру **«Укротители коней»**.

Шура, конечно, ты знаешь, что коней в начале XX века заменили автомобили. И мы отправляемся с тобой посмотреть на те самые первые машины. Они находятся в Музее экипажей и автомобилей **«Авторевю»**. Здесь же располагается и Музей индустриальной культуры. В нём собраны диковинки из прошло-

Скульптурная группа «Укротители коней»

В Кузьминках находится копия скульптуры, отлитая по модели Петра Клодта для Санкт-Петербурга. Оригинал и сегодня возвышается на Аничковом мосту в Санкт-Петербурге. «Укротители коней» стоят и в других уголках Европы: Берлине, Неаполе и Сицилии.

го: елочные игрушки, куклы, телевизоры, радио, магнитофоны и многое другое.

В Кузьминках в 2005 году по проекту Юрия Платонова был разбит один из самых больших светомузыкальных фонтанов в Европе — **«Музыка славы»**. А к нему ведёт красивая аллея «Венок Победы» со стилизованными изображениями военных орденов.

Задание

Цветочная фея, сопровождавшая Гошу и Шуру, сказала: «Я могу вас на цветочном ветре перенести куда пожелаете. Но мне так нужна помощь. Пожалуйста, найдите прежде все пары пчёлок с одинаковым рисунком».

Кусково

История крепостного театра

— Во время нашего чудесного путешествия мы познакомились со многими знатными родами. В этот раз волшебный цветочный ветер нас перенёс в усадьбу Шереметевых, графов, богатых настолько, что их называли **«русскими Крёзами»**.

Крёз был последним царём государства Лидия (часть нынешней Турции), и о его сокровищах складывали легенды. Память о нём осталась в поговорке: «Богат, как Крёз!»

Об их обширных землях говорит само название «Кусково». По преданию, для Петра Шереметева это село казалось очень маленьким «куском» его необъятных владений. Однако он полюбил это место и превратил в фантастический дворцовый комплекс. Построить его и сделать удивительным местом во многом помогли крепостные крестьяне графа, среди которых были архитекторы и художники (семья Аргуновых), драматург Василий Вроблевский, композитор Степан Дегтярёв, оперная и балетная труппы.

Крепостные крестьяне

Это земледельцы, у которых была «крепость», то есть «прикрепление» к земле хозяина. За пользование землёй они платили оброк — деньги или чаще барщину — продуктами или любой работой на барина.

Кусково поражало своей красотой и развлечениями, его называли «московским Версалем», то есть дворцом, где жили когда-то французские короли. Здесь было около 50 экзотических павильонов, садовые лабиринты, фонтаны, гроты, подъёмные мосты, карусели. Тут устраивались фейерверки, был разбит французский регулярный парк с мраморными скульптурами мифологических героев. На прудах плавала «потешная» флотилия кораблей. В оранжерее росли даже зимой ананасы и виноград. А в зверинце жили разнообразные животные. Была и менажерия — специальное помещение для птиц.

Графы Шереметевы жили в настоящем дворце. Охраняли его каменные сфинксы скульптора Юста.

— Шура, в доме Шереметева мы посмотрим на то, как жили, обедали, танцевали богатейшие люди России XVIII–XIX веков. А после зайдём в Музей керамики. Здесь можно увидеть старинную посуду и миниатюрные скульптуры из Европы, редкие образцы китайского и японского фарфора и, конечно, работы русских мастеров и статуэтки советского периода.

В райское место Кусково приезжали знатные и королевские особы, такие, как Екатерина II, Павел I, польский король Понятовский, австрийский император Иосиф II. Была тут и своя география — «национальные» павильоны: Голландский, Итальянский, Швейцарский домики. А самым необычным был двухэтажный **павильон «Эрмитаж»** с лифтом. Крышу его украшала статуя античного бога Ганимеда.

Ради удивительных спектаклей в Кускове приезжали гости со всей Москвы. Помимо Малого и Большого театров тут находился уникальный **Зелёный, или Воздушный, театр**. Его стенами была сама природа: травяные скамьи спускались уступами к сцене-лужайке, а кулисами служил кустарник.

Сфинкс — мудрое мифическое существо с головой женщины, лапами и телом льва, крыльями орла и хвостом быка из Египта.

Храм честных древ Животворящего Креста Господня (Спаса Всемилостивого)

В 1697—1699 годах Пётр Борисович Шереметев ездил как дипломат в Европу и получил в дар от папы Римского крест с частицей Креста Господня. В своём имении Кусково он выстроил в честь этой реликвии церковь. В неё ты можешь зайти и сегодня.

Звездой Шереметевского театра была Прасковья Жемчугова. Её настоящая фамилия была Ковалёва, а Жемчугова — псевдоним. История её жизни — сказка о Золушке. Крепостная талантливая актриса вышла замуж за настоящего графа — Николая Петровича Шереметева. Брак, против которого было общество, был недолгим: Жемчугова умерла при родах. В память о ней безутешный муж создал Странноприимный дом (см. главу «Садовое кольцо, овеянное легендами. От Садовой-Сухаревской до Таганки»).

Задание

— Гоша, кто это? — воскликнула Шура.
К ним подлетела странная птица и молвила человечьим голосом: «Если отгадаете, как меня зовут, я отнесу вас в другую графскую усадьбу».
Следуй подсказке и прочитай слово наоборот.

НЕ РИС
↓
И

Ответ: Сирин

Останкино

— Гоша, мне очень понравился полёт на птице Сирин.

— Она отнесла нас в другую усадьбу Шереметевых — **Останкино**. Здесь граф Николай Петрович решил построить не просто летнюю резиденцию, но самый лучший в мире театр. А в главных ролях была его жена Прасковья Жемчугова, бывшая крепостная актриса.

Дворец в Останкине имел необычную особенность. Он казался созданным из камня, но на самом деле был построен из сибирской сосны. Это было сделано специально, ведь в деревянных стенах голос певцов театра звучит лучше, чем в каменных. Представления в Останкинском дворце обожали даже императоры Павел I и Александр II.

Останкино

Вокруг дворца был разбит увеселительный сад со скульптурами на театральную тему. А на горке «Парнас» можно было полюбоваться усадьбой. Они сохранились до сих пор, как и Останкинский пруд, и красивейший **храм Троицы Живоначальной**.

Происхождение названия «Останкино»

По одной версии, эти земли принадлежали некоему Осташку (то есть Евстафию), по другой — раньше тут было древнее кладбище, останки предков. Чтобы их не тревожить, строить тут ничего нельзя — так гласят легенды.

В советское время не верили во всякие сказки. И в Останкине по проекту Никитина была построена самая высокая в те годы **телебашня**. Она похожа на перевёрнутый цветок лилии. И устремляется вверх на 540 метров с флагштоком. В корпусах телецентра создаётся большинство российских передач, которые передаются через башню. А мы прокатимся на скоростном лифте на смотровые площадки на высоту 337 и 340 метров.

Останкинская вещунья

По слухам, в Останкине ещё со времён Ивана Грозного появляется странная старуха, чтобы предсказать несчастья, например пожар 2000 года. Встречалась она с Прасковьей Жемчуговой, с государями Павлом I и Александром II, предрекала всем гибель.

ВДНХ

На **Выставке достижений народного хозяйства** можно было увидеть всё самое интересное и лучшее из республик СССР, например, в тематических павильонах («Украина», «Белоруссия» и других). Проектировал выставку архитектор Олтаржевский. Её открытие состоялось в 1939 году. С тех пор здесь всегда много гостей. А дети просто обожают это место, ведь каких только развлечений тут нет.

— Нам надо успеть побывать везде: покататься на колесе обозрения в большом парке аттракционов ВДНХ, заглянуть в Московский музей анимации, попасть в настоящий дом сказок «Жили-были», посмотреть на коллекцию порхающих бабочек в павильоне 2, подивиться на микроминиатюры в павильоне «Армения», сходить в кинотеатр «Круговая панорама». А в **Главном павильоне** ВДНХ нам покажут секретный бункер для правительства советской России.

Фонтаны — особая гордость ВДНХ. Самый знаменитый **«Дружба народов»** представляет собой хоровод

Музейно-выставочный центр «Рабочий и колхозница»

Недалеко от ВДНХ находится один из талисманов столицы — памятник «Рабочий и колхозница». Он создан Верой Мухиной в 1937 году. И сейчас является символом киностудии «Мосфильм».

из 16 девушек в национальных костюмах — бывших республик СССР (в том числе и Карело-Финской). Ты наверняка читала сказки Павла Бажова. Им посвящён фонтан «Каменный цветок». А на Верхнем пруду ВДНХ «растёт» фонтан «Золотой колос».

Шура, а знаешь ли ты, что главным центром «Москвы космической» тоже является ВДНХ? Именно здесь находится Дом-музей академика Королёва, основоположника практической космонавтики. Недалеко от него расположилась гостиница «Космос». На самом ВДНХ

на площади у **павильона «Космос»** высится модель ракеты «Восток», на которой Юрий Гагарин совершил свой полёт, и самолёт «Як-42», в котором проходят арт-выставки. А мы с тобой отправимся по **Аллее Космонавтов** прямо к Мемориальному музею космонавтики с монументом «Покорителям космоса». Ну-ка, посмотри, что здесь могло бы пригодиться нам для полёта на Марс?

Задание

Шура задумалась. Как вдруг к ней подошёл человек в галстуке-бабочке: «Я маг и готов вас отправить хоть на край света, хоть на Поклонную гору, если справитесь с загадкой, которую я никак не могу решить. На ВДНХ так много гостей из различных уголков мира. Посмотри на картинку и отгадай, кто из какой страны приехал?»

Ответ: Из России, Индии, Германии, Японии, Украины.

Поклонная гора

Парк Победы

— Гоша, а почему ты в солдатской форме? Ты собрался воевать?

— Нет, Шура, но мне бы хотелось вспомнить тех, кто ради нас с тобой положил жизнь на поле боя. Москва не забывает своих героев. **Парк Победы на Поклонной горе** был создан в честь победы в Великой Отечественной войне и открылся в 1995 году. Главная аллея парка «Годы войны» состоит из пяти террас с пятью водными комплексами. Там бьют 1418 фонтанов. Именно столько дней в пяти годах были военные действия.

Те же цифры, Шура, ты найдёшь на высоте обелиска в честь Победы — 141,8 метра. Он имеет форму штыка, а сделал его уже известный тебе Зураб Церетели. На гранитном подиуме обелиска установлены стела в честь городов-героев войны и статуя Георгия Победоносца, поражающего змея. Так добро побеждает зло, а Россия разбивает своих врагов. В честь этого святого в Парке Победы находится **храм**.

В борьбе с фашистской Германией свою кровь проливали многие народы советской России разных религий и культур. Их подвиги навсегда останутся в сердцах потомков, а в Парке Победы им посвящены мемориальные действующие мечеть и синагога.

В строгом здании с колоннадой, перед которым горит Вечный огонь, находится музей Великой Отечественной войны, где можно полностью погрузиться в военные действия с помощью 6 диорам.

Диорама — изогнутая полукругом живописная картина с реальными и бутафорскими предметами.

Тебя ждёт продолжение выставки под открытым небом в **Музее военной техники**. Там можно полазать по окопам и посмотреть на настоящие танки, самолёты и оружие.

Поклонная гора помнит многих бежавших из Руси врагов: и крымского хана Газы Герая, и Наполеона, и фашистов. Именно здесь находится ещё один мемориальный комплекс, посвящённый войне 1812 года. В честь по-

Панорама — картина больших размеров с рельефным передним планом в круглом зале, дающая зрителю иллюзию реальности изображённого.

беды в ней высятся Триумфальные ворота, созданные в XIX веке архитектором Осипом Бове.

В **музее-панораме «Бородинская битва»**, открытом ещё сто лет назад, словно в реальности, ощущаешь всю масштабность военных действий того времени.

Одним из блестящих полководцев в битве против Наполеона был **Михаил Илларионович Кутузов**. Его до сих пор поминают в молитвах в часовне архистратига Михаила. А в музее «Кутузовская изба» ты узнаешь, как трудно было принять решение отдать Москву неприятелю без боя во имя дальнейшей победы. Как говорили: «Пришёл Кутузов бить французов!»

Фамилия полководца есть и в названии Кутузовского проспекта. На нём расположился Театр кошек Юрия Куклачёва. В нём нет никакого напоминания о войне и раздорах. Даже кошки здесь дружат с собаками.

История названия «Поклонная гора»

По одной из версий, с пологого холма на западе Москвы, Поклонной горы, открывался всем путникам вид на церкви города, которых было «сорок сороков», то есть очень много. Православные крестились и поклонялись святыням на горе. По другой теории, «поклоны» были платой для проезда в Москву.

Москва-Сити

Город будущего

— Гоша, как было бы интересно взглянуть на Москву будущего.

— Это вполне можно сделать и сегодня. **Москва-Сити** совсем рядом!

Международный деловой центр «Москва-Сити» — это строящийся с начала 90-х годов прошлого века район Экспоцентра и фантастических небоскрёбов. Тут находится одна из самых высоких смотровых площадок Москвы на 89-м этаже башни «Восток» комплекса «Федерация». Это самое высокое здание в Европе. Около входа в него можно увидеть скульптуру, выполненную из белых стальных букв латинского алфавита испанским мастером Жауме Пленсом.

— Шура, ты заглянула в будущее, а хотела бы ты оказаться в чертогах Снежной королевы? Мы отправляемся в парк культуры и отдыха «Красная Пресня», который сохранился на месте старинной усадьбы «Студенец». Здесь нас ждут морозные приключения в **Галерее русской ледовой скульптуры**.

Гоша и Шура подошли к ледяному шуту Петрушке.

Задание

Он им неожиданно подмигнул: «Могу вам устроить экскурсию прекрасную, если на загадку ответ мне дадите ясный:

Не фанфары, а славой гремит,
Не золото, а куполами блестит,
Город славный, город мудрый
Во главе России стоит».

Ответ: Москва

Москва театральная

— Меня зовут Петрушка, я не какая-то игрушка, а лучший в мире балагур, по театрам вам устрою тур, — произнёс оживший и уже не ледяной потешник в красном колпаке. — Знаете ли вы, мои друзья Гоша и Шура, что в Москве существует около 160 разных театров?

— Нет, — сказала Шура. — Но мы с Гошей уже побывали во многих, путешествуя по городу.

— Тогда устрою вам, ребята, экскурсию по детским театрам! — сказал Петрушка. — Что не успели обозреть и по дороге посмотреть!

Театр на Руси начинался с ярмарок, где актёрами были **скоморохи**. Они были и музыкантами, и танцорами, и шутами, и дрессировщиками животных, играли на гуслях и дудках. Особенно любила публика медвежью потеху — представления с медведями. Скоморохи ездили с места на место, а жили в балаганах — шатрах, которые легко разбирались.

Работали уличные артисты и с куклами. Самым популярным был я — Петрушка. Весёлые пьесы с моим участием можно и сегодня увидеть в Русском традиционном театре кукол «Петрушка».

При государынях Елизавете Петровне и Екатерине Великой расцвёл русский театр. Славились постановки

не только в императорских театрах, но и в крепостных (см. главы «Кусково» и «Останкино»). И уже в конце XIX века Москва превратилась в один из главных театральных центров мира. И остаётся им сегодня.

Почти в самом сердце Москвы недалеко от Кремля находится Театральная площадь. На ней красуются здания **Большого** и **Малого театров**. До 1917 года они составляли единый комплекс императорских театров, но после разделились. Уже давно стала настоящим символом Москвы скульптура над входным портиком Большого театра работы Петра Клодта. Это двухколёсная колесница с четырьмя запряжёнными лошадьми (квадрига), управляемая Аполлоном. О балете и опере Большого театра знает весь культурный мир.

Марионетка

Театральная кукла, приводимая в движение актёром-кукловодом при помощи нитей, металлических прутьев или деревянных палочек.

— Каких только театральных проектов не встретишь в Москве! — воскликнул Петрушка.

— А я люблю кукольные спектакли,— сказала Шура.— В Центральном театре кукол имени Сергея Образцова мы уже побывали (см. главу «Садовое кольцо театров для детей»).

— Тогда мы посетим **Детский камерный театр кукол** (ВДНХ, см. главу «ВДНХ»), Московский театр кукол на Бауманской, Московский областной государственный театр кукол на Таганке (см. главу «Садовое кольцо, овеянное легендами. От Садовой-Сухаревской до Таганки»), театр кукол «Жар-птица» в Сокольниках, а ещё мы посмотрим представление в Московском детском театре марионеток.

— Петрушка, а мне нравятся весёлые музыкальные спектакли,— сказал Гоша.

— Они любимы многими ребятами. Потешимся и мы в московском детском музыкальном театре «Экспромт» на Чистых прудах, в **Московском государственном музыкальном театре** под руководством Геннадия Чихачёва на Рязанском проспекте. А ребята из «Детского театра эстрады» устроят для нас искромётное шоу.

Хочу показать вам зрелище феерическое, шоу историческое! — крикнул Петрушка. И тут же Гоша и Шура оказались в **Московском государственном историко-этнографическом театре**, где идут спектакли в древнерусском стиле, а актёры говорят на колоритном языке.

В мире множество народов, всех их в жизнь не обойдёшь, но в одном из театров новых коллекцию культур найдёшь — в Государственном музыкальном театре национального искусства под руководством Владимира Назарова.

— Попрощаться мне пора, ждут уже меня дела! Не хотите ли взлететь, на Москву всю поглазеть? — спросил Петрушка.

— Очень хотим!

— Тогда помощь окажите и скорей сообразите:

Задание

Если зритель там смеётся,

То .... зовётся!

Если грустят там и печалятся,

То .... называется,

Ответ: комедия и трагедия

МАЯКОВСКАЯ

ВОРОБЬЁВЫ ГОРЫ

НОВОСЛОБОДСКАЯ

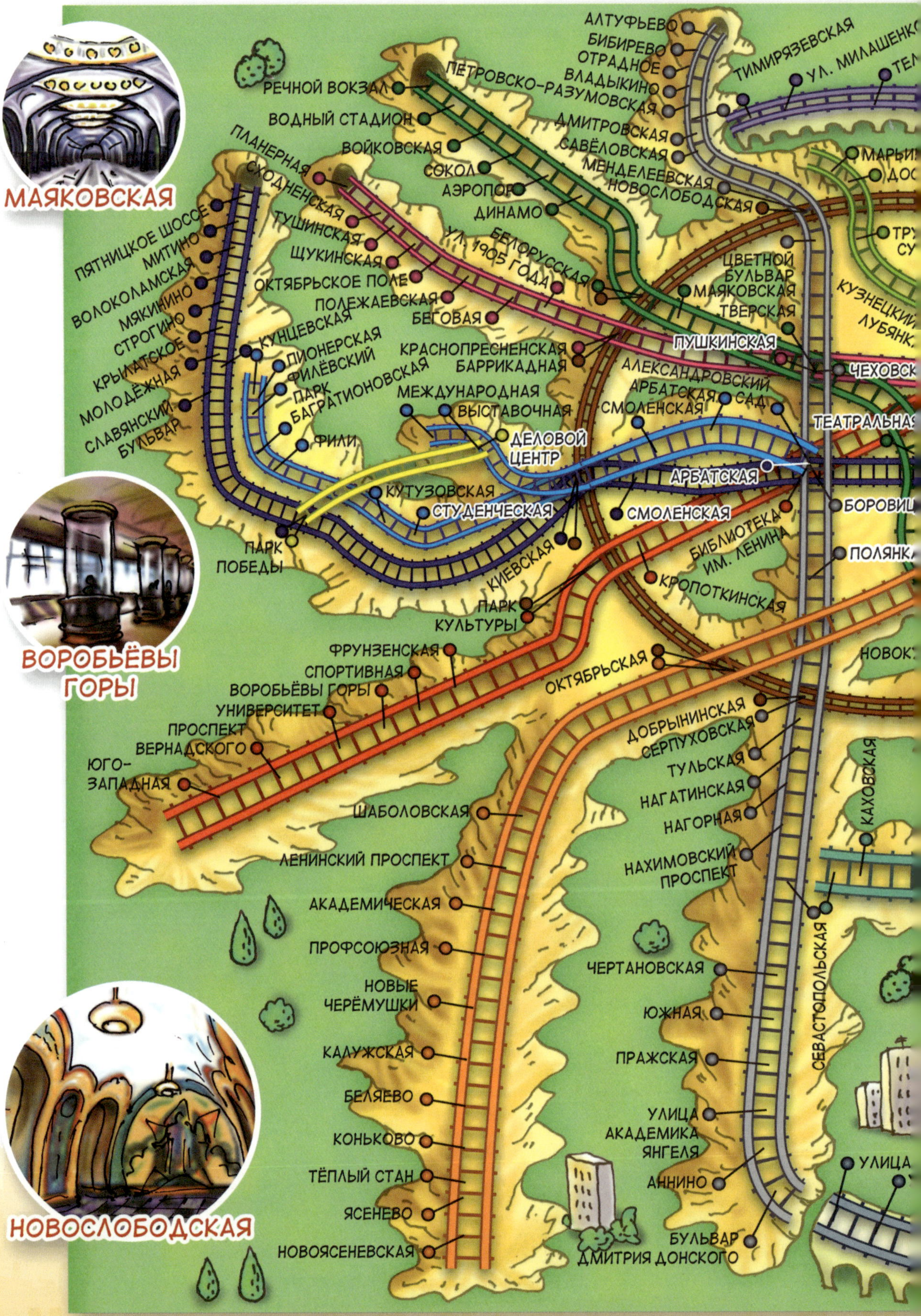

ПЛОЩАДЬ РЕВОЛЮЦИИ

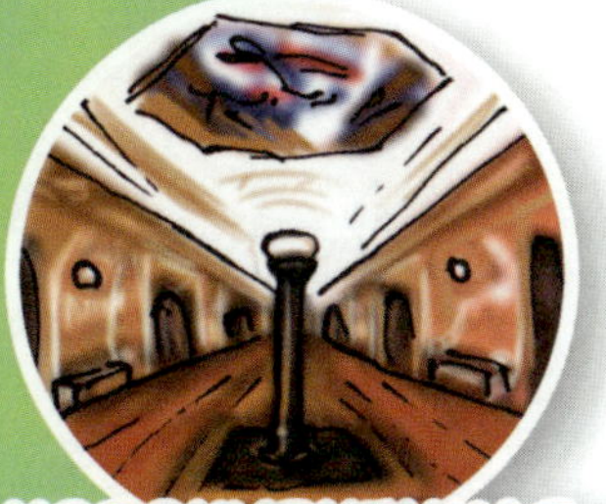
НОВОКУЗНЕЦКАЯ

КРОПОТКИНСКАЯ

Метро Москвы

Подземное царство

— Шура, посмотри на это настоящее подземное царство — метрополитен! Известно ли тебе, что **московское метро** — самое посещаемое туристами в мире? И неудивительно — 44 станции были названы архитектурными шедеврами.

Метрополитен (метро)

Слово «метрополитен» возникло от названия английской компании «Metropolitan Railway» («Метрополитэн Рейлуэй»). Она построила первую в мире систему подземного транспорта в Лондоне, открытую в 1863 году.

Московское метро было задумано как самый быстрый и дешёвый вид транспорта. И сегодня оно самое быстрое в мире со скоростью поездов 90 км/ч. Первая линия имела 13 станций и открылась 15 мая 1935 года. Она шла от станции «Сокольники» до «Парка культуры» с ответвлением на «Смоленскую». Над величественными станциями работали лучшие советские архитекторы, художники, скульпторы. Они создавали витражи, росписи, мозаику, отделывали камнем и мрамором.

Эскалатор в метро — подъёмно-транспортная машина в виде наклонённой лестницы с движущимися ступенями.

Руководил строительством тогда Лазарь Каганович. И его имя сначала носил метрополитен.

Символом московского метро стала станция **«Маяковская»** работы Душкина, открытая в 1938 году. Её главным шедевром являются мозаичные полотна Александра Дейнеки на тему «Сутки советского неба». Они были набраны в мастерской Фролова в Ленинграде. Сотрудничали Дейнека и Фролов также в годы войны при создании мозаичных панно, украшающих сегодня станцию «Новокузнецкая».

— Как ты помнишь, Шура, Москва расширялась кольцами. Метро повторяло контуры города. Так появилась Кольцевая линия, законченная в 1954 году. Каждая её станция красива по-своему. На «Октябрьской» оказываешься будто в Древнем Риме. «Таганская» хороша своими яркими керамическими панно. А на **«Новослободской»** с её витражами по эскизам Корина словно попадаешь в сказку.

Метроубежище

Во время войны метро спасло не одну жизнь москвичей, которые прятались под землёй во время бомбёжек. Метро продолжали строить с энтузиазмом даже во время войны. На 7 станциях от «Театральной» до «Автозаводской» и от «Курской» до «Партизанской» есть таблички «Сооружено в дни Отечественной войны».

Собачье счастье

Говорят, что в метро живут и питаются около 500 собак. В вестибюле станции метро «Менделеевская» есть даже памятник дворняжке «Сочувствие» работы Александра и Сергея Цигалей, Андрея и Петра Наличей. На станции «Площадь Революции», которую украшают 76 бронзовых фигур советских людей скульптора Манизера, есть одна исполняющая желание. Если потереть нос у собаки пограничника, то загаданное непременно сбудется.

Помимо основных линий метро существуют особо засекреченные — правительственные с бомбоубежищами на случай ядерной войны. Они названы «Метро-2», или «Д-6».

Именные составы

В метро ходят 8 именных составов. Поезд-галерея «Акварель» с репродукциями картин по Арбатско-Покровской линии. По Сокольнической линии курсируют ретропоезда «Курская дуга» и «Красная стрела — 75 лет». По Кольцевой — «Читающая Москва» и «175 лет железным дорогам России». Состав «Народный ополченец» ездит по Замоскворецкой. А поезд «Поэзия в метро» — по Филёвской линии.

Для удобства передвижения москвичам сделали подарок в виде линии **лёгкого метро Бутовской линии**. Появился и **монорельс** от метро «Тимирязевская» до «Улицы Сергея Эйзенштейна» со станцией на ВДНХ.

Система метрополитена состоит из 12 линий, включая линию лёгкого метро. Представляешь, сейчас в метро 188 станций! А до 2020 года будут построены ещё более 60 новых станций.

— Шура, расскажу тебе о рекордсменах метро. Самая глубокая станция, 84 метра, с самым длинным эскалатором — это «Парк Победы». Самая длинная линия метро — Серпуховско-Тимирязевская — 41 км. А самая короткая — Каховская (всего 3,3 км). Узнать больше интересного о метро ты можешь в Народном музее истории Московского метрополитена.

Задание

Пора выбираться из подземного царства Москвы! И снова нас ждёт испытание. Попробуй-ка посчитать, сколько будет в 2020 году станций метро, если сейчас их 188, а планируется построить ещё 60?

Ответ: 248

Москва — порт пяти морей

Мосты Москвы

— На нашем кораблике, куда нас перенёс наш друг леший Лёша, мы исследуем водные владения Москвы, — сказала Шура, оказавшись на речном экскурсионном трамвайчике.

— Вода необходима человеку. И большинство городов создавались близ рек. Так и Москва была основана в месте слияния рек Москвы и Неглинной, а выше была река Яуза.

Недаром Москва зовётся портом 5 морей! Из неё можно приплыть в Белое, Чёрное, Каспийское, Азовское и Балтийское моря. И всё это благодаря **Каналу имени Москвы**, который соединяет реку Москву с Волгой. Он был открыт в 1937 году. Помимо важной судоходной функции Канал имени Москвы даёт жителям города чистую воду. О нём и об истории водного снабжения столицы можно узнать в Музее воды.

Водоотводный канал построили в XVIII веке. Он избавлял жителей от половодий вблизи Кремля. Благодаря ему появился остров Балчуг (см. главу «Якиманка и Замоскворечье до Садового кольца. Царство Тит Титычей»). Через канал протянуты красивейшие мосты: Лужков и Патриарший.

Лужков мост был открыт в середине 1994 года. Он является частью архитектурного ансамбля Третьяковской галереи (см. главу «Третьяков-

Музей «Подводная лодка»

На берегу Химкинского водохранилища готова к погружению подлодка «Новосибирский комсомолец» с музеем внутри. Она всегда ждёт юных штурманов в своём трюме.

ская галерея и Центральный дом художника»). А назван он так по фамилии бывшего мэра Москвы — Юрия Лужкова. Этот мост обожают влюблённые, они и дали ему своё имя — «Поцелуев».

Патриарший мост был построен в 2004 году прямо напротив храма Христа Спасителя (см. главу «Храм Христа Спасителя»). Ажурные решётки и фонари придают ему вид моста XIX века. Парочки часто оставляют на нём замочки как сим-

Большой Каменный мост

Древнейший каменный мост Москвы был сооружён в конце XVII века. Тогда он назывался Всехсвятским. Спустя два века мост поменял свой каменный наряд на металлический, а в 1938 году — на железобетонный. Но до сих пор он зовётся Каменным.

вол любви. В последние годы близ Патриаршего моста снимались новогодние поздравления президента России.

Шура, в Москве насчитывается около 450 различных мостов и эстакад. Одним из самых знаменитых является висячий Крымский мост, ведущий к Парку культуры имени Горького. С него открывается потрясающая панорама города.

Торгово-пешеходный мост в виде **застеклённой галереи «Багратион»** входит в состав комплекса «Москва-Сити».

Он был открыт в 1997 году на 850-летие Москвы. Шура, посмотри, какая интересная скульптура в его вестибюле. Называется она «Древо жизни», а создана Эрнстом Неизвестным.

Вантовый мост «Живописный» в Серебряном Бору появился в 2007 году. Подобных ему прежде не было в Москве. К его арке на почти стометровой высоте подвешена смотровая площадка, похожая на «летающую тарелку».

Москва — важный судоходный город. В нём есть три крупных грузовых порта: Западный, Южный и Северный, а также два речных вокзала, откуда идут круизные пароходы. Южный вокзал был построен в 1985 году, ты уже видела его в парке «Нагатинская пойма». Северный речной вокзал на берегу Химкинского водохранилища напоминает по форме корабль. Его создали в 1937 году.

Москва — порт пяти морей

Готова ли ты «погрузиться» на дно морское? Ведь мы отправляемся в океанариумы Москвы! Сначала — на Чистые пруды, затем — в торгово-развлекательный центр «РИО». А через некоторое время распахнёт свои двери и океанариум на Поклонной горе.

Шура, нас ждут также представления весёлых дельфинов и их друзей в Московском дельфинарии. Выступают эти удивительные создания и в уже знакомом тебе зоопарке.

— Мы одни из самых умных животных на Земле,— неожиданно сказал один из дельфинов.— И если вы справитесь с математической задачкой, я смогу вас перенести туда, где вершилась история Москвы.

Задание

Дельфин проплыл 370 километров за 10 часов, какова его скорость?

Ответ: 37 км/ч

Монастыри Москвы

Тайны монастырей Москвы

— Куда это мы попали? Гоша, ты не знаешь, что это за место, так похожее на Кремль, но только с белыми стенами и башенками? — спросила Шура, как только открыла глаза.

— Это **Новодевичий женский монастырь**. Он был основан великим князем Василием III в 1524 году в благодарность за присоединение к Москве Смоленска. Посвятили его Божией Матери «Одигитрия», что в переводе с греческого «Путеводительница» и «Наставница». А потом её стали называть Смоленской иконой Богородицы.

В Новодевичьем монастыре жило много барынь. Были тут и монахини царских кровей: царевны Елена Ивановна Шереметева и Ксения Борисовна Годунова, царица Ирина Фёдоровна Годунова, Мария Владимировна Старицкая, царевна Софья. Провела здесь свои последние дни и первая жена Петра I — Евдокия Фёдоровна Лопухина.

Новодевичий монастырь является одновременно и филиалом Государственного исторического музея. Его включили

Монах или монахиня ведут строгий образ жизни в монастыре или в полном одиночестве. Появились монахи в середине 1-го тысячелетия до нашей эры в буддизме, а потом и в христианстве.

в список Всемирного наследия ЮНЕСКО. Здесь находится кладбище с памятными надгробиями известных скульпторов. В монастыре хранится список Иверской иконы Божией матери, привезённый на Русь с Афона в XVII веке.

Древнейшим женским монастырём в Москве является **Богородице-Рождественский**. Он был создан ещё в XIV веке княгиней Марией Андреевной, женой князя Андрея Серпуховского, ставшей монахиней. По преданию, здесь была пострижена в монахини первая жена Василия III — Соломония Сабурова. У неё после 20 лет брака так и не было детей. И царь женился на Елене Глинской. У них родился сын — Иван Грозный (см. главу «Коломенское»). Для царей важно было оставить наследника престола.

Покровский женский монастырь построен ещё в 1635 году царём Михаилом Фёдоровичем в память о своём отце патриархе Филарете. Он раньше был мужским. Знаменит монастырь тем, что в нём находятся чудотворные мощи святой Матроны.

Монастыри часто помогают людям. Пример тому — Марфо-Мариинская обитель. Эта община сестёр милосердия появилась благодаря великой княгине Елизавете Фёдоровне в 1909 году (см. главу «Замоскворечье»). Сегодня в ней работает медицинский центр, приют для девочек-сирот и благотворительная столовая.

На Руси монастыри были сокровищницами знаний. Вспомни историю уже известного тебе Заиконоспасско-

Мощи — останки и вещи святого, способные творить чудеса.

го монастыря. Они играли важную роль и в политике государства, как уже знакомый тебе Высоко-Петровский монастырь. И даже защищали Москву от врагов. Так, в **Сретенском мужском монастыре** в Смутное время располагался штаб русских ополченцев Минина и Пожарского. А в главном соборе Сретенского монастыря ты можешь увидеть уникальные фрески. Таких ты в Москве больше не встретишь!

Самый древний монастырь Москвы

Это основанный в 1282 году московским князем Даниилом, сыном Александра Невского, мужской Данилов монастырь. Он многое повидал. И набеги врагов, и пожары, и разруху в советское время. В наши дни монастырь вновь обрёл былую славу! Здесь находятся резиденции Патриарха и Священного синода.

История **Донского мужского монастыря** началась с чуда. Грозный крымский хан Газы II Гирей с большим войском неожиданно отступил от Москвы. Говорят, спасла город Донская икона Божией Матери. Та самая, которой преподобный Сергий благословил великого князя Дмитрия на Куликовскую битву. В честь этой иконы в 1591 году и был основан монастырь. В нём молились цари, были духовное училище и иконописная палата. А в советское время тут открыли даже Антирелигиозный музей. В 1930-е годы монастырь стал Музеем архитектуры.

— Не меньше тайн хранят и другие монастыри Москвы: Иоанно-Предтеченский, Новоспасский и Зачатьевский,— сказал Гоша.— И поскольку мы все их осмотрели, теперь можем взять летающий скутер и посмотреть границы новой Москвы.

Новые границы Москвы

Новомосковский и Троицкий округа

— Какой же восторг — лететь высоко над землёй на скутере! — воскликнула Шура.

— Наука не стоит на месте, развивается стремительно, как и Москва. Территория её всё ширится и ширится.

В 1909 году границы города не выходили за Московскую окружную железную дорогу длиной 54 км. А в 1960 году появилась Московская кольцевая автодорога протяжённостью уже 109 км. Но вскоре Москва вышла и за её пределы. И вот теперь с 1 июля

2012 года столица увеличилась вновь. Почти в два с половиной раза! Были созданы два новых округа: Троицкий и Новомосковский. Там нас ждут необыкновенные приключения!

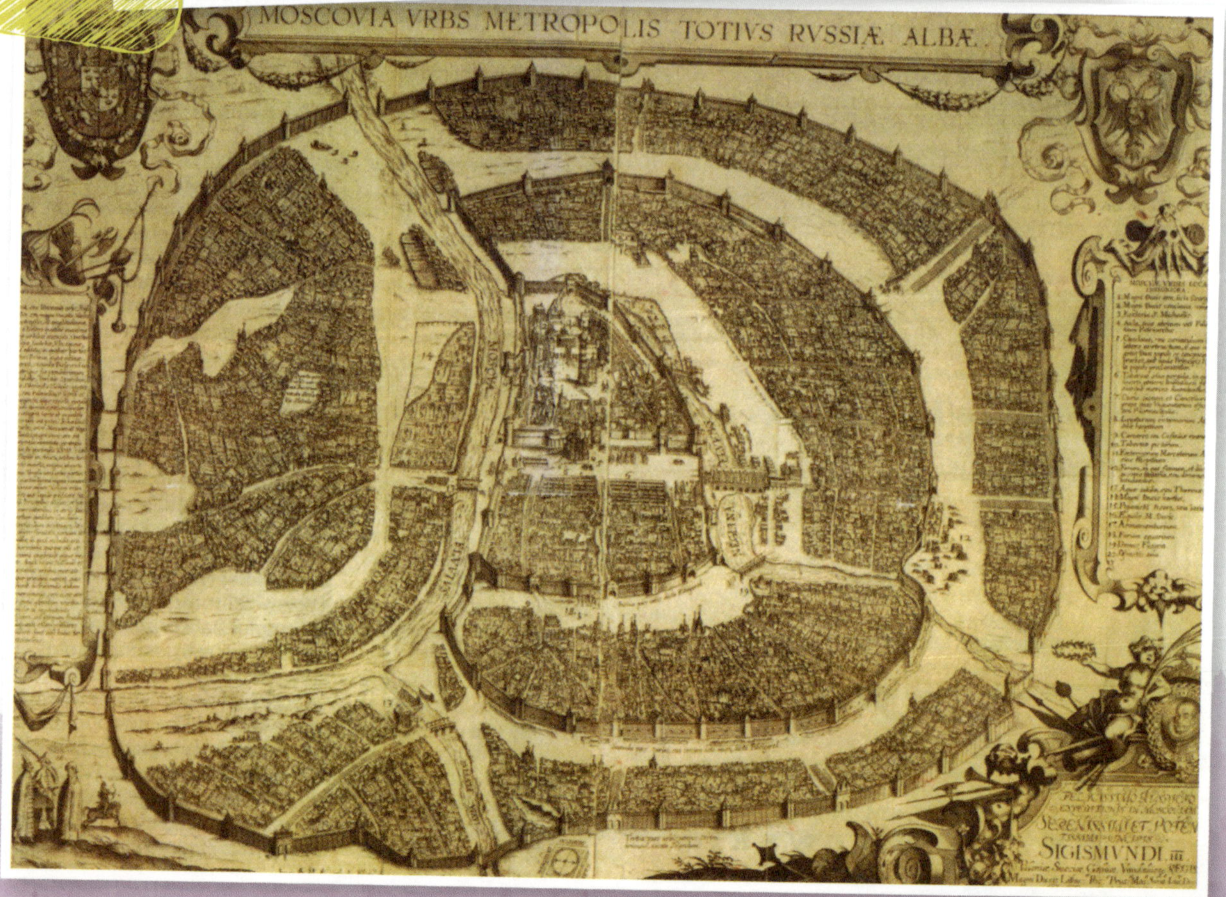

— Мы приземлились в усадьбе **«Остафьево»** в Новомосковском округе — «Русском Парнасе». Она была подмосковным владением князя Вяземского и его потомков. Тут любили собираться писатели и поэты: Карамзин, Пушкин, Жуковский. В память о них здесь стоят скульптуры. Приезжали в гости к князьям Вяземским Батюшков, Давыдов, Грибоедов, Гоголь и другие гении Золотого века русской литературы. В 1898 году новым хозяином Остафьева стал Сергей Дмитриевич Шереметев. Он создал липовую аллею «Русский Парнас», где мы с тобой сейчас и гуляем.

Русский Парнас

В древнегреческой мифологии так называлась гора, где находился Кастальский источник. Каждый, кто хоть раз попробовал воду из него, становился поэтом.

Знаменито Остафьево и тем, что именно тут в 1804 году приземлилась первая русская женщина, совершившая полёт на воздушном шаре. Это была Прасковья Юрьевна Гагарина (в девичестве Трубецкая). А теперь в Остафьеве находится небольшой аэропорт, откуда мы и полетим на нашем скутере дальше.

В новую Москву вошли и земли на Рублёво-Успенском шоссе, где живут московские миллионеры. А также район Мякинино с выставочным центром «Крокус Экспо». Теперь в Москве и много наукоградов, где ра-

Силиконовая (Кремниевая) долина в Америке — район, где расположены компании по разработке и производству компьютеров и других технических новшеств.

ботают тысячи учёных. В Троицке находится 10 институтов, исследующих ядерную физику, лазерные технологии, земной магнетизм и многое другое. А наша цель — Сколково!

Сколково ещё называют «русской Силиконовой долиной». Это настоящий городок изобретателей и учёных. Они работают в пяти направлениях: телекоммуникации и космос, биология и медицина, энергетика, информация и компьютеры, а также ядерные технологии. В Сколкове мы оставим наш летающий скутер. Ведь его создали именно тут. Я взял его на время. И это пока единственный экземпляр.— Гоша с сожалением посмотрел на чудо-технику.

— Не переживай, Гоша, будущее быстро приходит. Мы ещё полетаем на таких скутерах!

— Шура, мне грустно ещё и от того, что наше путешествие заканчивается, пора возвращаться к родителям.

Полезная информация

КРЕМЛЬ И ОКРЕСТНОСТИ

Нулевой километр

находится между Манежной площадью и Красной площадью на небольшом пятачке в проезде Воскресенских ворот напротив часовни Иверской Божьей Матери у Воскресенских ворот Кремля.

Экскурсии в Кремль

www.kremlintours.ru, www.kreml.ru

Мавзолей Ленина

Красная площадь

Часы работы:

Понедельник, пятница, воскресенье с 10.00 до 13.00, вход бесплатный

www.lenin.ru

Музей археологии Москвы

Манежная площадь, 1

Часы работы:

Вторник, среда, пятница с 11.00 до 19.00, четверг с 11.00 до 21.00, суббота и воскресенье с 11.00 до 18.00

www.mosmuseum.ru

Центральный выставочный зал «Манеж»

Манежная площадь, 1

Часы работы:

Вторник, среда, пятница, суббота, воскресенье с 10.00 до 20.00, четверг с 10.00 до 21.00

www.new-manege.ru

Российская государственная библиотека

Улица Воздвиженка, 3

www.rsl.ru

КИТАЙ-ГОРОД

Гостиница «Метрополь»
Театральный проезд, 2
www.metropol-moscow.ru

Заиконоспасский монастырь
Улица Никольская, 7—9
www.zaikonospasskij-monastyr.ru

Политехнический музей
Новая площадь, 3/4,
подъезд № 1
Часы работы:
Вторник — воскресенье с 10.00
до 18.00
www.eng.polymus.ru

Гостиный двор
Улица Ильинка, 4
www.mosgd.ru

Храм «Всех святых на Кулишках»
Славянская площадь, 2
Часы работы:
Ежедневно с 8.00 до 20.00,
в воскресенье с 8.00 до 18.00
www.podvorie-alexandria.ru

Дом бояр Романовых
Улица Варварка, 10
Часы работы:
Понедельник, четверг, пятница,
суббота, воскресенье с 10.00 до 18.00,
среда с 11.00 до 19.00
www.shm.ru

Старый английский двор
Улица Варварка, 4а

Часы работы:
Вторник, среда, пятница, суббота, воскресенье с 10.00 до 18.00, четверг с 13.00 до 21.00
www.museum.ru/m425

Площадь звёзд Эстрады

находится у Москворецкой набережной

БУЛЬВАРНОЕ КОЛЬЦО

Храм Христа Спасителя

Улица Волхонка, 15
Часы работы:
Ежедневно с 10.00 до 17.00, в понедельник с 13.00 до 17.00
www.xxc.ru

Государственный музей изобразительных искусств им. А.С. Пушкина

Улица Волхонка, 12

Детский центр «Мусейон»

Колымажный переулок, 6
www.arts-museum.ru

Государственный музей Л.Н. Толстого на Пречистенке

Улица Пречистенка, 11/8
www.tolstoymuseum.ru,
www.museum.ru/m299

Дом-музей Н.В. Гоголя

Никитский бульвар, 7а
Часы работы:
Ежедневно, кроме вторника и последнего дня каждого месяца, с 12.00 до 19.00, выходные с 12.00 до 17.00
www.domgogolya.ru

Храм Вознесения Господня («Большое Вознесение») в Сторожах
Улица Большая Никитская, 36
www.patriarchia.ru

Музей современного искусства на Гоголевском
Гоголевский бульвар, 10
Часы работы:
Ежедневно с 12.00 до 20.00, четверг с 13.00 до 21.00
www.mmoma.ru

Усадьба Лопухиных (Центр С.Н. Рериха)
Малый Знаменский переулок, 3/5
www.roerichs.com

Государственный музей Востока
Никитский бульвар, 12а
www.orientmuseum.ru

Особняк А.А. Морозова (Дом приёмов правительства РФ)
Улица Воздвиженка, 16

Московская консерватория имени П.И. Чайковского
Улица Большая Никитская, д. 13/6
Часы работы:
Кассы работают ежедневно с 12.00 до 20.00, перерыв на обед с 15.00 до 16.00
www.mosconsv.ru

Литературный институт имени А.М. Горького
Тверской бульвар, 25
www.litinstitut.ru

Дом-музей М.Н. Ермоловой
Тверской бульвар, 11

Часы работы:
Ежедневно с 12.00 до 19.00,
кроме вторника и последнего понедельника каждого месяца
www.gctm.ru

Московский музей современного искусства
Тверской бульвар, 9
Часы работы:
Понедельник — воскресенье с 12.00 до 20.00,
четверг с 13.00 до 21.00
www.mmoma.ru

Высоко-Петровский монастырь
Улица Петровка, 28
www.rel.org.ru/monaster

Детский театр «А-Я»
Петровский переулок, 5, стр. 9
Часы работы:
Касса работает ежедневно,
кроме понедельника, с 13.00 до 19.00,
суббота и воскресенье — с 10.00
до 19.00
www.a-ia.ru

Сандуновские бани
Улица Неглинная, 14, стр. 3—7
www.sanduny.ru

Московский театр детской книги «Волшебная лампа»
Сретенский бульвар, 9/2
www.magiclamp.ru

Меншикова башня (Храм Архангела Гавриила)
Архангельский переулок, 15а

Библиотека имени Ф.М. Достоевского
Чистопрудный бульвар, 23

Театр «Современник»
Чистопрудный бульвар, д. 19
www.sovremennik.ru

ТВЕРСКАЯ УЛИЦА

Государственный центральный музей современной истории России
Улица Тверская, 21
www.sovr.ru

Гастроном «Елисеевский»
Улица Тверская, 14
Часы работы:
Работает круглосуточно
www.eliseevskiy.ru

Саввинское подворье
Улица Тверская, 6, стр. 6
Часы работы:
Понедельник—пятница с 10.00 до 18.00

Гостиница «Националь»
Улица Моховая, 15/1
www.national.ru

Гостиница «Ритц Карлтон»
Улица Тверская, 3
www.ritzcarltonmoscow.ru

Центральный телеграф
Улица Тверская, 7
www.moscow.cnt.ru

Театр М.Н. Ермоловой
Улица Тверская, 5/6
www.ermolova.theatre.ru

Театр имени К.С. Станиславского
Улица Тверская, 23
www.teatr-stanislavsky.ru

Театр имени Моссовета
Улица Большая Садовая, 16
www.mossoveta.ru

МХТ имени А.П. Чехова
Камергерский переулок, 3
www.mxat.ru

Театр Сатиры
Триумфальная площадь, 2
www.satire.ru

Концертный зал имени П.И. Чайковского
Триумфальная площадь, 4/31
www.meloman.ru

Московский театр юного зрителя
Мамоновский переулок, 10
www.moscowtyz.ru

АРБАТ

Центральный дом актёра
Улица Арбат, 35
www.rfcda.ru

Театр имени Е.Б. Вахтангова
Улица Арбат, 26
www.vakhtangov.ru

Институт имени Б. Щукина
Большой Николопесковский переулок, 12а
www.htvs.ru

Мемориальный музей А.Н. Скрябина
Большой Николопесковский переулок, 11

Часы работы:
Вторник, среда, пятница, суббота, воскресенье с 11.00 до 18.00, четверг — с 13.00 до 21.00
www.anscriabin.ru

Квартира-музей А.С. Пушкина
Улица Арбат, 53
Часы работы:
Ежедневно с 10.00 до 18.00, четверг с 12.00 до 21.00
www.pushkinmuseum.ru

Мемориальная квартира Андрея Белого
Улица Арбат, 55
Часы работы:
Среда — воскресенье с 11.00 до 18.00
www.kvartira-belogo.guru.ru

Культурный центр Украины
Улица Арбат, 9
www.ukrcenter.org

Ресторан «Прага»
Улица Арбат, 2/1
www.praga.ru

Дом К.С. Мельникова
Кривоарбатский переулок, 10

Московский дом книги
Улица Новый Арбат, 8
www.mdk-arbat.ru

Кинотеатр «Октябрь»
Улица Новый Арбат, 24
www.karofilm.ru

ЗАМОСКВОРЕЧЬЕ

Дом-музей А. Н. Островского
Улица Малая Ордынка, 9
Часы работы:
Среда — воскресенье с 12.00 до 19.00
www.gctm.ru

Музей «Дом на набережной»
Улица Серафимовича, 2, подъезд 1
Часы работы:
Среда с 17.00 до 20.00, суббота с 14.00 до 17.00

Кинотеатр «Ударник»
Улица Серафимовича, 2
www.karofilm.ru

Театр эстрады
Берсеневская набережная, 20/2
www.teatr-estrada.ru

Московский международный Дом музыки
Космодамианская набережная, дом 52, строение 8
Часы работы:
Ежедневно с 9.00 до 20.00
www.mmdm.ru

Музей «Волшебный букварь»
Вишняковский переулок, 12 — при Московском музее образования
www.int-edu.ru/museum/

Дом Игумнова (посольство Франции)
Улица Большая Якиманка, 45
www.ambafrance-ru.org

Московская историческая мечеть
Улица Большая Татарская, 28
www.manar.ru

Храм священномученика Климента папы Римского

Улица Пятницкая, 26, строение 1
www.klement.ru

Храм Иоанна Воина

Улица Большая Якиманка, 46
www.hram-ioanna-voina.ru

Музей леса

5-й Монетчиковский переулок, 4
Часы работы:
Среда — четверг с 11.00 до 19.00, пятница, суббота, воскресенье с 10.00 до 18.00
www.museum.forest.ru

Театральный музей А.А. Бахрушина

Улица Бахрушина, 31/12
www.gctm.ru

Государственная Третьяковская галерея

Лаврушинский переулок, 10. Вторник — воскресенье с 10.00 до 19.30
www.tretyakovgallery.ru

Центральный дом художника

Крымский Вал, 10. Вторник — воскресенье с 11.00 до 20.00
www.cha.ru

Минералогический музей имени А.Е. Ферсмана РАН

Ленинский проспект, 18, корп. 2
Часы работы:
Среда — воскресенье с 11.00 до 17.00
www.fmm.ru

Музей Московской железной дороги

Улица Кожевническая, 2

Театриум на Серпуховке
Улица Павловская, 6
www.teatrium.ru

Музей С.А. Есенина
Большой Строченовский переулок, 24, стр. 2
Часы работы:
Среда — суббота с 11.00 до 17.00
www.mgme.ru

САДОВОЕ КОЛЬЦО

Музей-усадьба Л.Н. Толстого «Хамовники»
Улица Льва Толстого, 21
Часы работы:
Вторник, среда, пятница с 10.00 до 18.00, четверг с 12.00 до 20.00, суббота, воскресенье с 11.00 до 18.00
www.tolstoy-museum.ru

Музей-мастерская А.С. Голубкиной
Большой Лёвшинский переулок, 12
Часы работы:
Среда, четверг, пятница с 12.00 до 19.00, суббота, воскресенье с 10.00 до 17.00
www.tretyakovgallery.ru

Дом-музей Ф.И. Шаляпина
Новинский бульвар, 25
Часы работы:
Вторник, суббота с 10.00 до 18.00, среда, четверг с 11.30 до 19.00, воскресенье с 10.00 до 16.30
www.shalyapin-museum.org

Московский зоопарк
Улица Большая Грузинская, 1
Часы работы:
Ежедневно с 10.00 до 20.00, кроме понедельника
www.moscowzoo.ru

Московский планетарий
Улица Садовая-Кудринская, 5, строение 1
Часы работы:
Ежедневно с 10.00 до 22.00, кроме вторника
www.planetarium-moscow.ru

Дом со львами
Ермолаевский переулок, 9

Особняк Морозова
Улица Спиридоновка, 17

Музей М. Горького (особняк Рябушинского)
Улица Малая Никитская, 6/2
Часы работы:
Среда, пятница с 12.00 до 19.00, четверг, суббота, воскресенье с 10.00 до 17.00
www.museum.ru/m402

Музей-квартира А.К. Толстого
Улица Спиридоновка, 2, строение 6
Часы работы:
Среда, пятница с 13.00 до 19.00, четверг, суббота, воскресенье с 11.00 до 18.00
www.museum-tolstoy.ru

Театр на Малой Бронной
Улица Малая Бронная, 4
www.mbronnaya.theatre.ru

Музей М.А. Булгакова
Улица Большая Садовая, 10, подъезд 6, этаж 4, квартира № 50
Часы работы:
Вторник — воскресенье с 12.00 до 19.00, четверг — с 14.00 до 21.00
www.bulgakovmuseum.ru

Сад «Эрмитаж»
Улица Каретный Ряд, 3
www.mosgorsad.ru

Детский музыкальный театр юного актёра
Улица Малая Дмитровка, 8, строение 4
www.dmtya.ru

Театр «Ленком»
Улица Малая Дмитровка, 6
www.lenkom.ru

Центральный театр кукол имени С.В. Образцова
Садовая-Самотёчная, 3
www.puppet.ru

«Уголок дедушки Дурова»
Улица Дурова, 4
www.ugolokdurova.ru

Цирк Никулина на Цветном бульваре
Цветной бульвар, 13
www.circusnikulin.ru

Усадьба Усачёвых–Найдёновых
Улица Земляной Вал, 53

Храм святителя Николая на Болвановке
Улица Верхняя Радищевская, 20

Театр на Таганке
Улица Земляной Вал, 76/21
www.taganka.theatre.ru

Музей холодной войны («Бункер–42»)
5-й Котельнический переулок, 11
www.bunker42.com

Театр сказок на Таганке
Улица Таганская, 15а
www.teatr-skazka.ru

ЦАРИЦЫНО

Государственный музей-заповедник «Царицыно»
Улица Дольская, д. 1
Часы работы:
Открыт с 6.00 до 00.00
www.tsaritsyno.net

Московский областной театр юного зрителя «Царицыно»
Улица Прохладная, 28
www.mogtuz.com.

КОЛОМЕНСКОЕ

Музей-заповедник «Коломенское»
Проспект Андропова, 39
Часы работы:
Экспозиции открыты ежедневно с 10.00 до 18.00
www.kolomenskoe-park.ru

Музей этнографических костюмов
Улица Судостроительная, 28, корпус 1
Часы работы:
Ежедневно с 11.00 до 18.00, выходной — воскресенье
www.museum.ru/m1660

ЛЕФОРТОВО

Лефортовский парк
Улица Красноказарменная, 3а

ИЗМАЙЛОВО

Кремль и вернисаж в Измайлово
Измайловское шоссе, 73ж

Центр ремесел ВАО «Русское подворье», вернисаж в Измайлове
www.kremlin-izmailovo.com

Музей Буратино-Пинокккио
Улица 2-я Парковая, 18

Часы работы:
Ежедневно с 10.00 до 17.30 по предварительной записи
www.domskazok.ru

Верёвочный комплекс «Панда»
Народный проспект, 17
Часы работы:
Ежедневно с 10.00 до 21.00
www.pandapark.org

Театр кукол «Альбатрос»
Улица 4-я Парковая, 24а
tk-albatros@mail.ru

Московский детский театр теней
Измайловский бульвар, 60/10
www.teniteatr.ru

КУЗЬМИНКИ–ЛЮБЛИНО

Московская усадьба Деда Мороза
Волгоградский проспект, владение 168д
Часы работы:
Работает круглый год с 10.00 до 18.00, кроме понедельника и вторника
Каток: www.dedmoroz.uvao.ru,
www.dedmorozmos.ru

Музей мёда
Улица Кузьминская, 10 (лесничество)
www.kuzminky.ru/s4.htm

Музей экипажей и автомобилей
Улица Заречье, владение 3а
www.museum.autoreview.ru

Природно-исторический парк «Кузьминки–Люблино»
www.kuzpark.ru, www.kuzminky.ru

Церковь Влахернской иконы Божией Матери
Улица Кузьминская, 7, строение 1
www.vlahernskoe.prihod.ru

КУСКОВО

Музей-усадьба «Кусково»
Улица Юности, 2
Часы работы:
Работает с 15 апреля по 14 октября; среда — пятница с 10.00 до 18.00, суббота и воскресенье до 20.00
www.kuskovo.ru

ОСТАНКИНО

Музей-усадьба «Останкино»
Улица 1-я Останкинская, 5
www.ostankino-museum.ru

Останкинская башня
Улица Академика Королёва, 15, корпус 2
Часы работы:
Работает с 10.00 до 22.00
www.tvtower.ru

Главный ботанический сад имени Н.В. Цицина
Улица Ботаническая, 4
www.gbsad.ru

Московский музей анимации
ВДНХ, Дом культуры, 84, строение А
Часы работы:
Работает с 11.00 до 18.00 в будни и с 11.00 до 19.00 в выходные дни, выходной — понедельник
www.animamuseum.ru

Дом сказок «Жили-были»
ВДНХ, павильон № 8. Работает с 10.00 до 17.30
www.domskazok.ru

Кинотеатр «Круговая панорама»
ВДНХ, павильон «Круговая кинопанорама»
www.krugorama.narod.ru

Музейно-выставочный центр «Рабочий и колхозница»
Проспект Мира, 123б
www.mvc-rik.ru

Дом-музей академика С.П. Королёва
Улица 1-я Останкинская, 28
www.space-museum.ru

Мемориальный музей космонавтики
Проспект Мира, д. 111
Часы работы:
Работает с 11.00 до 19.00, кроме понедельника
www.space-museum.ru

ПОКЛОННАЯ ГОРА

Музей Великой Отечественной войны и Музей военной техники
Площадь Победы, 3
www.poklonnayagora.ru

Музей-панорама «Бородинская битва»
Кутузовский проспект, 38
www.1812panorama.ru

Театр кошек Ю.Д. Куклачёва
Кутузовский проспект, 25
www.kuklachev.ru

Галерея русской ледовой скульптуры
Улица Мантулинская, 5, на территории парка «Красная Пресня»

Часы работы:
Работает с 11.00 до 20.00
www.posuda-ice.ru/gallery

МОСКВА ТЕАТРАЛЬНАЯ

Государственный академический Большой театр России
Театральная площадь
www.bolshoi.ru

Государственный академический Малый театр
Театральная площадь, 1/2
www.maly.ru

Детский камерный театр кукол
Улица Бажова, 9
www.mdktk.ru

Московский театр кукол
Улица Спартаковская, 26/30
www.mosteatrkukol.ru

Московский областной государственный театр кукол
Пестовский переулок, 2
www.kukli-mogtk.ru

Театр кукол «Жар-птица»
Улица Стромынка, 3
www.teatr-zhar-ptitsa.ru

Московский детский театр марионеток в «Центре драматургии и режиссуры»
Улица Беговая, 5
www.marionetki.ru

Детский театр эстрады
Улица Бауманская, 32, строение 1
www.vstudio.ru

Московский детский музыкальный театр «Экспромт»
Улица Макаренко, д. 2/21, строение 2
www.teatr-expromt.ru

Московский государственный музыкальный театр под руководством Чихачёва
Улица 1-я Новокузьминская, 1
www.teatr-chikhachev.ru

Государственный музыкальный театр национального искусства под руководством Назарова
Мичуринский проспект, 1
www.mtvn.ru

Московский государственный историко-этнографический театр
Улица Рудневой, 3
www.mgiet.ru

МЕТРО МОСКВЫ

Народный музей истории Московского метрополитена
Хамовнический Вал, 36, на 2-м и 3-м этажах южного вестибюля станции «Спортивная»
Часы работы:
Работает понедельник с 11.00 до 18.00, вторник, среда, пятница — с 9.00 до 16.00
www.mosmetro.ru

МОСКВА — ПОРТ ПЯТИ МОРЕЙ

Экскурсии на речном трамвайчике
Ленинградское шоссе, 51/1. Северный речной вокзал, офис 214
www.rechnoy-tramway.ru

Музей воды
Саринский проезд, 13
Часы работы:
Работает ежедневно, кроме субботы и воскресенья, с 9.00 до 18.00, в пятницу с 9.00 до 16.45
www.mosvodokanal.ru

Музей «Подводная лодка» (Музейно-мемориальный комплекс истории Военно-морского флота России) на берегу Химкинского водохранилища
Улица Свободы, владение 50—56, парк «Северное Тушино»
www.museum-vmf.ru

Московский океанариум
Чистопрудный бульвар, 14
www.aquatis.ru

Океанариум в ТРЦ «РИО»
Дмитровское шоссе, 163, торгово-развлекательный центр «РИО»
Часы работы:
Ежедневно с 10.00 до 22.00

Московский дельфинарий
Улица Мироновская, 27
www.delfinary.ru

МОНАСТЫРИ МОСКВЫ

Новодевичий женский монастырь
Новодевичий проезд, 1
www.mepar.ru

Донской мужской монастырь
Донская площадь, 1—3
www.donskoi.org

Данилов мужской монастырь
Даниловский Вал, 22
www.msdm.ru

Покровский женский монастырь
Улица Таганская, 58
www.pokrov-monastir.ru

Богородице-Рождественский женский монастырь
Улица Рождественка, 20
www.mbrsm.ru

Сретенский мужской монастырь
Улица Большая Лубянка, 19, строение 1
www.patriarchia.ru/db/text/250117.html

НОВЫЕ ГРАНИЦЫ МОСКВЫ

Государственный музей-усадьба «Остафьево» — «Русский Парнас»
Новомосковский округ, село Остафьево
Часы работы:
Среда, суббота, воскресенье с 10.00 до 17.00, четверг с 12.00 до 20.00, пятница с 10.00 до 16.00
www.ostafyevomuseum.ru

Шура, закрой глаза!
Столица, неси нас птицей, обратно домой, бум-бум-пфой!
Это было самое чудесное приключение в моей жизни!

Указатель

Содержание

Андрианова, Наталья Аркадьевна.

А 65 Москва для детей. / Н.А. Андрианова – 3-е изд., испр. и доп. – Москва : Эксмо, 2016. — 184 с. : ил.

Вы держите в руках не просто книгу, а самый настоящий путеводитель по Москве для детей.

С ним вы отправитесь в увлекательное путешествие по Кремлю, Китай-городу, Тверской улице, Арбату, Бульварному кольцу, Поклонной горе, футуристическому деловому центру Москва-Сити, а также посетите известные парки и многие другие прекрасные места российской столицы. Хорошо ориентироваться в городе вам помогут красочные карты и схема московского метро.

Кроме того, в путеводителе вы найдете разнообразные задания и головоломки, с ними узнавать город станет еще веселее. Скорее отправляйтесь в самое интересное путешествие по Москве!

УДК 087.5:913(470-25)
ББК 26.89(2-2Москва)

ISBN 978-5-699-73088-9

Научно-популярное издание
Для младшего школьного возраста

Андрианова Наталья Аркадьевна

МОСКВА ДЛЯ ДЕТЕЙ
3-е изд., испр. и доп.

Иллюстрации *Дины Буксиковой*
Фотограф *Надежда Бабаева*

Ответственный редактор *О. Усольцева.* Выпускающий редактор *А.Калмыкова*
Художественные редакторы *Е. Анисина, Г. Булгакова.* Технический редактор *М. Печковская*
Компьютерная верстка *В. Никитина.* Корректоры *Л. Зубченко, Ю. Иванова*

Во внутреннем оформлении использованы иллюстрации:
Atlaspix, My Life Graphic, Irina Solatges, Lorelyn Medina, mhatzapa, Ziven, Mike Demidov/Shutterstock.com
Используется по лицензии от Shutterstock.com

ООО «Издательство «Эксмо»
123308, Москва, ул. Зорге, д. 1. Тел. 8 (495) 411-68-86.
Home page: **www.eksmo.ru** E-mail: **info@eksmo.ru**

Өндіруші: «ЭКСМО» АҚБ Баспасы, 123308, Мәскеу, Ресей, Зорге көшесі, 1 үй.
Тел. 8 (495) 411-68-86.
Home page: www.eksmo.ru E-mail: info@eksmo.ru.
Тауар белгісі: «Эксмо»
Қазақстан Республикасында дистрибьютор және өнім бойынша
арыз-талаптарды қабылдаушының
өкілі «РДЦ-Алматы» ЖШС, Алматы қ., Домбровский көш., 3«а», литер Б, офис 1.
Тел.: 8(727) 2 51 59 89,90,91,92, факс: 8 (727) 251 58 12 вн. 107; E-mail: RDC-Almaty@eksmo.kz
Өнімнің жарамдылық мерзімі шектелмеген.
Сертификация туралы ақпарат сайтта: www.eksmo.ru/certification

Сведения о подтверждении соответствия издания согласно законодательству РФ о техническом регулировании можно получить по адресу: http://eksmo.ru/certification/.

Өндірген мемлекет: Ресей
Сертификация қарастырылмаған

Подписано в печать 23.08.2016. Формат 84х108 1/16.
Гарнитура SchoolBookC. Печать офсетная. Усл. печ. л. 19,32.
Доп. тираж 3000 экз. Заказ № ВЗК-03902-16.

Отпечатано в АО «Первая Образцовая типография»,
филиал «Дом печати — ВЯТКА»
610033, г. Киров, ул. Московская, 122.

ISBN 978-5-699-73088-9

ИНТЕРНЕТ-МАГАЗИН
shop.eksmo.ru
ЭКСМО

Знак информационной продукции 6+